FOLIO SCIENCE-FICTION

Richard Matheson

Je suis
une légende

*Nouvelle traduction de l'américain
par Nathalie Serval*

Denoël

Cet ouvrage a été précédemment publié dans la collection
Présence du futur aux Éditions Denoël.

Titre original :

I AM LEGEND

Né en 1926, Richard Matheson a débuté une carrière de journaliste avant de se tourner vers l'écriture. Il a acquis sa renommée dans le monde de la science-fiction essentiellement grâce à deux romans devenus des classiques du genre : *Je suis une légende* et *L'homme qui rétrécit*, tous deux adaptés au cinéma.

C'est d'ailleurs vers le cinéma et la télévision que Matheson se tourne très vite, écrivant des scénarios pour de nombreuses séries télévisées, de *La quatrième dimension* à *Star Trek*, mais aussi pour des films, dont le célèbre *Duel* qui marque le début de la carrière de Steven Spielberg.

Richard Matheson a par ailleurs œuvré avec succès dans le domaine du fantastique, livrant de nombreuses nouvelles passées depuis à la postérité du genre.

PREMIÈRE PARTIE

Janvier 1976

Chapitre 1

Par temps couvert, Robert Neville se laissait parfois surprendre par la tombée de la nuit ; *ils* se répandaient alors dans les rues avant qu'il fût rentré.

Un esprit plus analytique aurait pu calculer l'heure approximative de leur arrivée, mais Neville avait gardé l'habitude de s'en remettre à l'aspect du ciel, une méthode que les nuages rendaient inopérante. En conséquence, il préférait ne pas s'éloigner de chez lui ces jours-là.

Il fit le tour de la maison dans la grisaille de l'après-midi, une cigarette au coin des lèvres, traînant derrière lui un mince cordon de fumée. Il inspecta chaque fenêtre, vérifiant qu'aucune planche ne branlait. Les assauts les plus violents les laissaient souvent fendues ou en partie arrachées. Il fallait alors les changer, un travail qu'il détestait. Ce jour-là, une seule avait du jeu. Étonnant, pensa-t-il.

Dans l'arrière-cour, il contrôla la serre et la citerne. Parfois, il devait consolider cette dernière, redresser ou réparer ses capteurs d'eau de pluie. Parfois, les pierres qu'*ils* lançaient au-dessus de la palissade entourant la serre déchiraient le filet protecteur et il lui fallait remplacer les vitres cassées.

Cette fois, ni la serre ni la citerne n'avaient souffert.

Il se dirigea vers la maison pour y chercher un marteau et des clous. En poussant la porte, il vit son image déformée dans la glace fêlée qu'il avait fixée à l'extérieur un mois plus tôt. D'ici quelques jours, les éclats étamés tomberaient d'eux-mêmes. Eh bien, qu'ils tombent. C'était la dernière fois qu'il fichait un miroir à cet endroit. À quoi bon... À la place, il accrocherait de l'ail. L'ail était toujours efficace, lui.

Il traversa lentement la pénombre du séjour, emprunta le minuscule couloir et tourna à gauche vers sa chambre.

À une époque, celle-ci offrait un cadre chaleureux, mais les temps avaient changé. À présent, elle était purement fonctionnelle : le lit et la commode y tenaient si peu de place que Neville y avait installé son atelier.

Un établi en bois occupait presque tout un mur. Dessus se trouvaient une scie à ruban, un tour à bois, une meule et un étau. Les autres outils dont il se servait étaient accrochés au mur, à des râteliers de fortune.

Il prit un marteau sur l'établi, piocha quelques clous dans un casier. Puis il ressortit et répara le volet en un tournemain. Il balança les clous en trop parmi les gravats de la maison voisine.

Il s'attarda un moment sur la pelouse devant la

maison, parcourant du regard l'étendue silencieuse de Cimarron Street. Âgé de trente-six ans, d'une taille élevée, Neville était un mélange d'ascendances anglaise et germanique. Ses traits n'avaient rien de remarquable, excepté la bouche, allongée et volontaire, et des yeux d'un bleu vif qui pour l'heure inspectaient les ruines calcinées des deux maisons encadrant la sienne. Il les avait lui-même incendiées, pour *les* empêcher de passer par les toits.

Au bout de quelques minutes, il prit une longue inspiration et rentra. Il jeta le marteau sur le canapé du séjour, alluma une autre cigarette et but le premier verre de la journée.

Plus tard, il se résolut à gagner la cuisine et à broyer les ordures qui s'amoncelaient dans l'évier depuis cinq jours. Pour bien faire, il aurait également dû brûler les assiettes en carton, épousseter les meubles, décrasser l'évier, la baignoire et les toilettes, changer les draps du lit, mais il n'en eut pas le courage.

Parce qu'il était un homme, qu'il était seul et que rien de tout ça n'avait d'importance pour lui.

Il était près de midi. Robert Neville se trouvait dans la serre, occupé à remplir son panier d'ail.

Au tout début, l'odeur d'ail à forte dose lui avait retourné l'estomac. Maintenant qu'elle imprégnait sa maison, ses vêtements et même sa peau, lui semblait-il, il n'y prêtait plus guère attention.

Quand il eut assez de têtes, il regagna la cuisine et les vida sur la paillasse de l'évier. Lorsqu'il actionna l'interrupteur, la lumière vacilla avant de retrouver un éclat normal. Il souffla bruyamment : voilà que ça recommençait ! Il allait encore devoir sortir ce satané manuel et vérifier toute l'installation. Et si les dégâts étaient trop importants, il faudrait assembler un nouveau groupe électrogène.

D'un geste rageur, il tira un tabouret près de l'évier, prit un couteau et s'assit avec un soupir las.

Il commença par séparer les gousses roses et parcheminées, puis il les coupa en deux, exposant leur cœur charnu. Une odeur âcre et musquée envahit la pièce. Lorsqu'elle devint trop écœurante, il pressa le bouton du climatiseur qui la dissipa en partie.

Il tendit le bras et décrocha un pic à glace du mur. Il perça un trou dans chaque demi-gousse et les enfila sur du fil de fer. Il confectionna ainsi près de vingt-cinq chapelets.

Les premiers temps, il accrochait ces chapelets aux fenêtres. Mais les autres les bombardaient de cailloux, l'obligeant à recouvrir les vitres brisées de contre-plaqué. Il avait fini par condamner les fenêtres avec des planches : plutôt transformer la maison en sépulcre que de subir une pluie de pierres et d'éclats de verre dans les pièces. En outre, la situation était beaucoup plus supportable depuis qu'il avait installé les trois climatiseurs. On s'habitue à tout quand on n'a pas le choix.

Une fois toutes les gousses d'ail enfilées en colliers, il sortit et les cloua aux planches, arrachant les chapelets précédents qui ne sentaient presque plus.

Il procédait à cette opération deux fois par semaine. Faute de mieux, cela restait sa première ligne de défense.

Une défense? À quoi bon? se demandait-il presque chaque jour.

Il passa l'après-midi à confectionner des pieux, débitant d'épaisses chevilles en tronçons d'une vingtaine de centimètres qu'il passait à la meule pour les rendre aussi effilés que des poignards.

Le travail était fastidieux, monotone. La sciure à l'odeur suffocante volait partout dans la pièce, s'incrustant dans les pores, s'infiltrant dans les poumons, provoquant des quintes de toux.

Pourtant, il n'avait jamais de pieux d'avance. Quelle que soit la quantité qu'il fabriquait, ils partaient en un rien de temps. En plus, les chevilles commençaient à manquer. D'ici peu, il devrait se rabattre sur des planches rectangulaires. Vous parlez d'une partie de plaisir, pensa-t-il avec humeur.

Tout cela le déprimait. Il devait exister un moyen plus simple de les éliminer, mais comment le trouver quand *ils* ne lui laissaient aucune chance de souffler ni de réfléchir?

Grâce au haut-parleur qu'il avait installé dans la chambre, il pouvait travailler en musique. Les Troisième, Septième et Neuvième symphonies de Beethoven: il était heureux que sa mère, très tôt, lui ait inculqué le goût de cette musique. Cela l'aidait à supporter le vide terrible des heures.

À partir de quatre heures, il regarda plus fréquemment la pendule au mur. Il œuvrait en silence, les lèvres serrées, une cigarette au coin de la

bouche, sans quitter des yeux le disque qui dévo-
rait le bois et saupoudrait le sol de sciure.

Quatre heures et quart. Quatre heures et demie.
Cinq heures moins le quart…

Plus qu'une heure et *ils* seraient de nouveau là,
les infâmes salauds. Sitôt la nuit tombée.

Campé devant le congélateur géant, Neville
composait le menu de son dîner, parcourant d'un
regard blasé les rayons pleins de viande, de
légumes surgelés, de pains et de pâtisseries, de
fruits et de crèmes glacées.

Il opta pour deux côtelettes, des haricots
équeutés, un petit pot de sorbet à l'orange et
referma la porte avec le coude.

Il se dirigea ensuite vers les conserves qui formaient des piles plus ou moins régulières jusqu'au
plafond. Il prit une boîte de jus de tomate et
quitta la pièce — l'ancienne chambre de Kathy,
désormais vouée à son estomac.

Comme il traversait le séjour, son regard s'attarda sur l'affiche qui couvrait le mur du fond.
Elle représentait une falaise plongeant à pic dans
un océan bleu-vert qui se brisait sur des rochers
noirs. Très haut dans le ciel d'un bleu limpide, des
mouettes blanches glissaient sur le vent. Dans le
coin supérieur droit, un arbre noueux dont les
branches sombres semblaient gravées à l'eau-
forte se penchait au-dessus du précipice.

En déposant ses provisions sur la table de la
cuisine, il leva les yeux vers la pendule. Six heures
moins vingt. *Ils* seraient bientôt là.

Il fit couler un fond d'eau dans une petite cas-

serole qu'il posa brutalement sur un des brûleurs,
puis mit les côtelettes à décongeler sous le gril.
Quand l'eau frémit, il y versa les haricots et couvrit la casserole, se disant que c'était sans doute la
cuisinière qui sollicitait trop le groupe électrogène.

Il se coupa deux tranches de pain, remplit son
verre de jus de tomate, puis il s'assit et observa la
course lente de la petite aiguille rouge autour du
cadran. Les fumiers, *ils* n'allaient plus tarder.

Lorsqu'il eut avalé son jus de tomate, il sortit et
gagna le trottoir à travers la pelouse.

Le ciel s'assombrissait et la température fraî-
chissait. Son regard remonta la rue tandis que le
vent froid ébouriffait ses cheveux blonds. Le problème, sous ce ciel couvert, c'est qu'on ne savait
jamais quand *ils* allaient se montrer.

Enfin, cela valait toujours mieux que ces
fichues tempêtes de sable… Il revint sur ses pas,
rentra, verrouilla et barricada la porte. Puis il
rejoignit cuisine, retourna les côtelettes et éteignit sous les haricots.

Il se figea tout à coup alors qu'il remplissait son
assiette et leva les yeux vers la pendule. Aujour-
d'hui, c'était six heures vingt-cinq. Dehors, Ben
Cortman appelait :

« Sors de là, Neville ! »

Robert Neville s'assit avec un soupir et attaqua
son dîner.

Assis dans le séjour, il s'efforçait de lire. Il
s'était préparé un whisky soda et serrait le verre
glacé dans sa main tout en parcourant un traité de

physiologie. Le haut-parleur au-dessus de la porte diffusait du Schönberg à plein volume.

Malgré la musique, il les entendait chuchoter, aller et venir, crier, grogner et se battre entre eux. De temps en temps, une pierre ou une brique frappait la maison avec un bruit sourd. Parfois, un chien aboyait.

Et tous étaient là pour la même raison.

Robert Neville ferma une seconde les yeux, avant d'allumer une cigarette et d'en aspirer longuement la fumée.

Il aurait voulu avoir le temps d'insonoriser la maison. La vie aurait été plus supportable sans ce rappel obligé de leur présence. Même après cinq mois, le vacarme lui tapait toujours autant sur les nerfs.

Il ne les regardait plus jamais. Les premiers temps, il avait percé un trou dans un volet afin de les observer. L'ayant remarqué, les femmes avaient alors essayé des postures obscènes pour l'attirer au-dehors. Il ne souhaitait pas revoir cela.

Il posa son livre et fixa le tapis d'un œil morne. Le haut-parleur hurlait à présent *Verklärte Nacht*. Il aurait pu mettre des boules Quies pour cesser de les entendre, mais il aurait alors été privé de musique et il refusait de se confiner dans une coquille par leur faute.

Il referma les yeux. Le plus pénible, pensa-t-il, ce sont les femmes. Les femmes et leurs poses de marionnettes lubriques, escomptant qu'il les verrait dans la nuit et se déciderait à sortir.

Un frisson le traversa. C'était pareil tous les soirs. Il lisait, écoutait de la musique, puis il songeait à insonoriser la maison et le souvenir des femmes revenait le hanter.

Un nœud brûlant se forma dans son ventre; il serra si fort les lèvres qu'elles devinrent blanches. Cette sensation lui était familière et il enrageait de ne pouvoir la combattre. Elle grandissait, grandissait jusqu'au moment où il ne tenait plus en place. Il se levait alors et marchait de long en large, les poings crispés. Puis il installait le projecteur de cinéma, mangeait un morceau, se soûlait ou montait le volume de la musique au-delà du supportable. Quand cela allait trop mal, il devait à tout prix s'occuper.

Les muscles de son ventre se contractaient peu à peu, tels les anneaux d'un serpent. Il reprit son livre et lut en remuant les lèvres, déchiffrant chaque mot avec lenteur et difficulté.

Mais bientôt, le livre lui tomba à nouveau des mains. Il regarda la bibliothèque en face de lui. Tout le savoir contenu dans ces livres était impuissant contre l'incendie qui le consumait; les mots accumulés au fil des siècles ne pouvaient mettre un terme au tourment muet et stupide de sa chair.

Cette évidence lui souleva le cœur. C'était une insulte à sa dignité d'homme. Certes, ce désir était parfaitement naturel, mais il ne connaissait plus d'exutoire. Les autres l'avaient contraint au célibat; il devait en prendre son parti. Tu as une cervelle, non? se dit-il. Eh bien, sers-t'en!

Il tendit le bras et poussa le son au maximum, puis il se força à lire toute une page sans s'interrompre. L'auteur expliquait comment les globules sanguins se forçaient un passage à travers les

membranes, comment la lymphe transportait les
déchets le long de tubes aboutissant aux ganglions
lymphatiques, puis il évoquait les lymphocytes et
les phagocytes.

«... se rattache au système artériel dans la
région de l'épaule gauche, à la limite du thorax...»

Il fit claquer le livre en le refermant.

Ils ne pouvaient donc pas le laisser en paix?
Qu'est-ce qu'ils croyaient, qu'ils pourraient tous
l'avoir? Ils n'étaient pas stupides à ce point-là,
non? Pourquoi revenaient-ils chaque nuit? Au
bout de cinq mois, ils auraient dû comprendre et
tenter leur chance ailleurs.

Il se dirigea vers le bar et se versa un autre
verre. Comme il allait se rasseoir, il entendit des
pierres rouler sur le toit et atterrir avec un bruit
sourd parmi les arbustes derrière la maison. Cou-
vrant le vacarme, Ben Cortman se mit à hurler
selon son habitude:

«Sors de là, Neville!»

Un jour je l'aurai, ce fumier, pensa-t-il en sif-
flant une gorgée de whisky pleine d'amertume. Je
lui planterai un pieu en pleine poitrine... Un d'au
moins trente centimètres, avec un beau ruban, fait
spécialement à son intention. Fumier, va...

Demain, oui, demain il insoniriserait la maison.
Il serra les poings. Il ne supportait plus de penser à
ces femmes. S'il ne les entendait plus, peut-être
parviendrait-il à les chasser de son esprit. Demain,
demain...

La musique s'arrêta. Il ramassa la pile de
disques et les rangea dans leurs pochettes carton-
nées. Le silence accentuait encore les bruits du

dehors. Il prit le premier disque qui se présentait, le plaça sur la platine et monta le volume au maximum.

Les accents de *The Year of the Plague*, de Roger Leie, retentirent tout à coup. Les geignements des violons, les coups sourds des timbales, pareils aux pulsations d'un cœur à l'agonie, les bizarres mélodies atonales des flûtes...

Avec un sursaut de rage, il arracha le disque du plateau et le brisa sur son genou. Ça le démangeait depuis longtemps... La démarche raide, il se rendit à la cuisine et jeta les morceaux du disque dans la poubelle. Puis il resta un moment dans le noir, les yeux fermés, les dents serrées, les mains plaquées sur les oreilles. Foutez-moi la paix, mais *foutez-moi la paix !*

Peine perdue : la nuit, ils étaient les plus forts. La nuit leur appartenait. Il était idiot de vouloir les défier. Pourquoi ne pas regarder un film ? Non, il ne se sentait pas le courage d'installer le projecteur. Il allait plutôt se coucher et glisser des boules Quies dans ses oreilles. La soirée se terminait toujours ainsi.

Vite, en s'efforçant de faire le vide dans son esprit, il gagna la chambre et se déshabilla. Puis il enfila le bas d'un pyjama et passa à la salle de bains. Il dormait toujours torse nu, une habitude acquise au Panamá durant la guerre.

En se lavant, il regarda sa large poitrine dans le miroir, la toison sombre et frisottée autour des mamelons et sur la ligne médiane du thorax. Il regarda la croix ornée qu'il s'était fait tatouer un soir de cuite au Panamá. Quel imbécile j'étais !

songea-t-il. Qui sait? Peut-être cette croix lui avait-elle sauvé la vie.

Il se brossa les dents avec soin, utilisant même un fil dentaire. Il faisait très attention à ses dents car, à présent, il était son propre dentiste. Il pouvait négliger beaucoup de choses, mais pas sa santé. Dans ce cas, tu attends quoi pour arrêter de picoler? se dit-il. Et toi, tu attends quoi pour la boucler? se répondit-il.

Ensuite, il parcourut la maison, éteignant toutes les lumières. Il resta quelques minutes à contempler l'affiche, tentant de se convaincre qu'il s'agissait réellement de l'océan. Mais comment préserver l'illusion, avec ces coups, ces raclements, ces cris, ces rugissements qui déchiraient la nuit?

Une fois le séjour éteint, il gagna la chambre.

Le spectacle du lit couvert de sciure lui arracha un soupir dégoûté. Il le brossa avec des gestes vifs, se disant qu'il ferait bien d'installer une cloison entre l'établi et l'endroit où il dormait. Et puis ceci, et puis cela, songea-t-il, morose. Avec tout ce qu'il avait à faire, il ne pourrait jamais aborder le problème de front.

Le silence se referma sur lui sitôt les boules Quies en place. Il éteignit et se glissa entre les draps. Le cadran lumineux du réveil indiquait à peine dix heures. Parfait, songea-t-il. Comme ça, je me lèverai tôt.

Couché dans son lit, il respirait la nuit à longs traits, attendant le sommeil. Mais le silence n'était pas d'un grand secours. Il continuait à les voir, les hommes au visage blême qui rôdaient autour de sa maison, cherchant sans répit le moyen d'arriver jusqu'à lui. Il les imaginait tapis tels des chiens, leur regard flamboyant rivé à la porte, les dents grinçant en un lent va-et-vient.

Quant aux femmes...

Non, pas question de repenser à ça. Il se retourna sur le ventre, étouffant un juron, et enfouit son visage dans l'oreiller tiède. Sa respiration était bruyante, son corps se tordait faiblement sur le drap. Il prononça en esprit la même prière que chaque nuit : mon Dieu, faites que le matin vienne...

Cette nuit-là, il rêva de Virginia et cria dans son sommeil, en serrant frénétiquement les draps de ses doigts pareils à des serres.

Chapitre 2

Le réveil sonna à cinq heures et demie. Robert Neville étira un bras engourdi dans le demi-jour blafard et le fit taire.

Il attrapa ses cigarettes et en alluma une avant de s'asseoir. Au bout de quelques minutes, il se leva, gagna le séjour plongé dans l'obscurité et ouvrit le volet du judas.

Sur la pelouse, les silhouettes sombres évoquaient celles de sentinelles. Tandis qu'il les observait, certains commencèrent à s'éloigner et il les entendit marmonner entre eux d'un air mécontent. Une autre nuit s'achevait.

Il retourna dans la chambre, alluma et s'habilla. Comme il passait sa chemise, il entendit Ben Cortman crier : « Sors de là, Neville ! »

Ce fut tout. À présent, ils allaient s'en retourner, tous plus faibles qu'ils ne l'étaient à leur arrivée. À moins qu'ils n'aient attaqué l'un des leurs. Cela arrivait fréquemment. Ils ignoraient la solidarité. La faim seule les guidait.

Une fois vêtu, Neville s'assit sur le lit et nota son programme pour la journée :

Tour à bois chez Sears
Eau
Vérifier groupe électrogène
Chevilles (?)
Comme d'habitude.

Il prit un petit déjeuner : juste un verre de jus d'orange, un toast et deux tasses de café. Il expédia son repas en quelques minutes, tout en se reprochant son impatience.

Il jeta ensuite la tasse et l'assiette en carton dans la poubelle et se brossa les dents. Voilà au moins une bonne habitude, se dit-il pour se consoler.

Son premier réflexe sitôt dehors fut d'inspecter le ciel. Il était clair, pratiquement sans nuages. Bien ! C'était un jour à s'éloigner de la maison.

Il fit quelques pas et marcha sur des débris de miroir. Cette saloperie avait fini par voler en éclats, comme prévu. Je ramasserai ça plus tard, pensa-t-il.

Il trouva un corps étalé sur le trottoir et un autre à demi caché par la haie. Deux femmes. C'était presque toujours des femmes.

Il ouvrit la porte du garage et sortit le break dans le froid vif de l'aube. Il descendit pour abaisser le hayon, puis il enfila de gros gants et se dirigea vers la femme gisant sur le trottoir.

À la lumière du jour, elles n'avaient certes rien d'attirant, remarqua-t-il alors qu'il les tirait sur la pelouse et les balançait sur la bâche goudronnée. Elles n'avaient plus une goutte de sang dans les veines ; on aurait dit deux poissons échoués sur la berge. Il releva le hayon et le fixa.

Il parcourut ensuite la pelouse, fourrant les pierres et les briques dans un sac de toile qu'il chargea également dans le break avant d'ôter ses gants. Il rentra alors pour se laver les mains et se prépara un casse-croûte : deux sandwichs, une poignée de cookies et un thermos de café chaud.

Après cela, il alla chercher dans la chambre le sac plein de pieux. L'ayant hissé sur son dos, il accrocha à sa ceinture l'étui contenant son maillet. Puis il sortit et ferma la porte à clé derrière lui.

Ce matin, il n'était pas question qu'il perde son temps à chercher Ben Cortman ; il avait trop à faire pour cela. Un instant, il repensa à son projet d'insonoriser la maison. Au diable, pensa-t-il. Je ferai ça demain, ou par temps couvert.

Une fois dans le break, il consulta sa liste. Tour à bois chez Sears, avait-il noté en premier lieu. Mais d'abord, il importait de se débarrasser des corps.

Il fit démarrer la voiture, gagna la rue en marche arrière et prit la direction de Compton Boulevard. Là, il tourna à droite et continua de rouler vers l'est. Les maisons formaient une haie silencieuse des deux côtés de la rue ; des voitures étaient garées le long des trottoirs, toutes vides et mortes.

Robert Neville jeta un coup d'œil à la jauge d'essence. Le réservoir était encore à moitié plein, mais il jugea plus sage de s'arrêter dans Western Avenue pour le remplir. Autant réserver le carburant qu'il entreposait dans le garage à un cas de force majeure.

Il arrêta le break dans la station déserte. Il prit un baril et transvasa le liquide ambré jusqu'à ce qu'il débordât du réservoir et s'écoulât sur le ciment.

Il vérifia l'huile, l'eau, la batterie et les pneus. Tout allait bien, comme d'habitude. Il prenait un soin tout particulier de sa voiture. À supposer qu'une panne l'empêchât de regagner la maison avant la tombée de la nuit...

Bah! À quoi bon s'inquiéter? Si cela devait arriver, ce serait la fin de tout.

Il se remit en route, dépassant les immenses derricks, et sillonna les rues de Compton sans rencontrer âme qui vive.

Mais il savait où ils se terraient.

Le brasier brûlait toujours. Quand la voiture s'en approcha, Robert Neville mit ses gants et un masque à gaz. Un voile de fumée fuligineuse s'élevait de l'énorme excavation creusée en juin 1975.

Il sauta à terre sitôt la voiture garée, pressé d'en finir avec cette corvée. Ayant rabattu le hayon, il sortit un des corps et le tira jusqu'au bord de la fosse. Là, il le mit debout puis le poussa dans le vide.

Le cadavre roula le long de la pente et atterrit sur l'énorme tas de cendres fumantes au fond du trou.

Robert Neville retourna à la voiture, respirant avec peine. Il avait toujours la sensation d'étouffer quand il venait ici, malgré le masque à gaz.

Le second corps suivit le même chemin que le

premier, puis ce fut le tour du sac de pierres.
Après quoi, il se hâta de regagner la voiture et de
filer.

Au bout d'un kilomètre, il arracha son masque
et ses gants et les jeta à l'arrière du break. Il
ouvrit toute grande la bouche, gonflant ses poumons d'air frais, puis il prit la flasque qui se trouvait dans la boîte à gants et s'envoya une lampée
de whisky brûlant. Il alluma ensuite une cigarette
dont il avala la fumée. Certaines semaines, ses
expéditions au crématoire étaient quotidiennes, et
il en avait à chaque fois la nausée.

Dire que Kathy était là, dans la fosse…

Sur la route d'Inglewood, il s'arrêta dans une
supérette pour se ravitailler en eau minérale.

Dès le seuil du magasin silencieux, l'odeur des
aliments avariés le prit à la gorge. Vite, il poussa
son chariot entre les gondoles couvertes d'une
épaisse couche de poussière. La puanteur était si
forte qu'il devait respirer par la bouche, le cœur
au bord des lèvres.

Il trouva les bouteilles d'eau dans le fond, ainsi
qu'une porte donnant sur un escalier. Après avoir
transporté tout le lot dans la voiture, il monta à
l'étage. Il y avait des chances que le propriétaire
logeât au-dessus de son magasin ; autant commencer par là.

Cette visite fut l'occasion d'un beau doublé.
Dans le séjour, étendue sur un divan, il découvrit
une femme d'une trentaine d'années en peignoir
rouge. Sa poitrine se soulevait et s'abaissait lentement tandis qu'elle reposait, les yeux clos, les
mains croisées sur le ventre.

Neville prépara le pieu et le maillet avec des gestes empruntés. Les vivants lui donnaient toujours plus de mal, surtout les femmes. Il sentit resurgir en lui ce désir absurde qui lui nouait les muscles. Il s'obligea à le refouler, se répétant que c'était une folie, dénuée de tout fondement rationnel.

Elle partit sans un bruit, à part un râle bref et rauque. Comme il se dirigeait vers la chambre à coucher, il entendit une sorte de glouglou derrière lui. Tu n'as pas le choix, se dit-il. Après tout ce temps, il ressentait encore le besoin de se justifier à ses propres yeux.

Il hésita sur le seuil de la chambre, la gorge serrée, à la vue du petit lit près de la fenêtre. S'étant ressaisi, il s'approcha et se pencha au-dessus.

Comment se fait-il qu'elles me rappellent toutes Kathy? pensa-t-il en prenant un second pieu d'une main tremblante.

Sur le chemin des magasins Sears, histoire de se changer les idées, il se demanda pourquoi seuls les pieux en bois semblaient convenir.

Le boulevard était désert et il n'entendait d'autre bruit que le ronflement sourd de son moteur. C'était quand même extraordinaire qu'il ait attendu cinq mois pour se poser la question!

Celle-ci en entraîna immédiatement une autre : comment se débrouillait-il pour frapper à chaque fois en plein cœur? À en croire le docteur Busch, le coup devait être porté à cet endroit précis. Il n'avait pourtant aucune notion d'anatomie…

Il plissa le front, agacé de s'être livré si long-

temps à cette odieuse pratique sans jamais s'interroger sur son bien-fondé.

Mieux vaudrait y réfléchir posément, pensa-t-il,
et bien poser les problèmes avant de s'employer à
les résoudre. Procéder avec méthode, scientifi-
quement...

On croirait entendre le vieux Fritz, songea-t-il.
Son père. Neville le détestait et il s'était toujours
refusé à reproduire les schémas paternels. Jusqu'à
sa mort, son père avait violemment réfuté l'existence des vampires.

Chez Sears, il prit un tour à bois qu'il chargea
dans la voiture avant d'explorer le bâtiment.

Il en trouva cinq au sous-sol, dans des abris
divers. L'un d'eux s'était même réfugié dans un
réfrigérateur d'exposition. Neville ne put s'empêcher de rire en le découvrant dans son cercueil
émaillé, tant la cachette était incongrue.

Plus tard, il se dit qu'il devait sacrément manquer
d'occasions de rire pour trouver cela comique.

Vers les deux heures, il fit une halte pour déjeuner. Tout ce qu'il avait emporté avait pris le goût
de l'ail, ce qui l'amena à s'interroger sur l'action
de celui-ci. C'était sans doute l'odeur qui les faisait fuir, mais pourquoi ?

Tout ce qui les concernait était décidément
bizarre : le fait qu'ils se cachent le jour, qu'ils évi-
tent l'ail, qu'il faille les exterminer avec un pieu,
l'effroi que leur inspirait la vue d'une croix, leur
supposée terreur à l'endroit des miroirs...

À ce propos, justement : selon la légende, les
miroirs ne reflétaient pas leur image. Or, il savait
que ce n'était pas vrai — pas plus qu'ils ne se trans-

formaient en chauve-souris. La simple logique liée à l'observation avait tordu le cou à ces superstitions. Il n'était pas moins absurde de leur prêter le pouvoir de se changer en loup. À n'en pas douter, il existait des chiens vampires — il en avait vu et entendu la nuit autour de sa maison —, mais ce n'étaient que des chiens.

Oublie tout ça, se dit-il. Tu n'es pas encore prêt. Un jour, il examinerait le problème en détail, mais il était trop tôt. Il avait déjà assez de soucis comme ça.

Après déjeuner, il alla de maison en maison jusqu'à épuisement de son stock de pieux. Il en avait emporté quarante-sept.

Chapitre 3

«La puissance du vampire tient à ce que personne ne croit à son existence.»

Merci quand même, docteur Van Helsing, pensa-t-il en posant son *Dracula*. L'air morose, il s'abîma dans la contemplation de la bibliothèque en écoutant le deuxième concerto pour piano de Brahms, un whisky sour dans la main droite, une cigarette glissée entre les lèvres.

C'était vrai. Ce livre était un ramassis de superstitions et de clichés feuilletonesques, mais il avait raison au moins sur ce point : autrefois, personne ne croyait aux vampires. Dès lors, comment aurait-on pu les combattre ?

C'était dans ce contexte que ces créatures des ténèbres avaient surgi du Moyen Âge. Des êtres sans consistance ni vraisemblance, jusque-là consignés aux pages de la littérature romanesque. Les vampires symbolisaient le passé : le mélodrame épistolaire de Stoker, quelques lignes dans l'*Encyclopaedia Britannica* ou du grain à moudre pour les magazines à sensation et les producteurs de films de série B... Une vague légende qui se transmettait de siècle en siècle.

Eh bien, la légende était vraie.

Il but une gorgée et ferma les yeux le temps que le liquide glacé ait glissé le long de sa gorge, lui réchauffant l'estomac. L'ennui, c'est que personne n'avait jamais eu le loisir de s'en assurer. Oh ! on se doutait bien que le mythe renvoyait à une quelconque réalité, mais pas à ça. Ça, c'était pure imagination et superstition. Comment croire à une chose pareille ?

Et avant que la science ait pu rattraper la légende, celle-ci l'avait engloutie avec tout le reste.

Il n'avait pas rapporté de chevilles aujourd'hui. Il n'avait pas vérifié le groupe électrogène, ni balayé les débris du miroir. Il s'était également passé de dîner, faute d'appétit. Cela n'avait rien d'étonnant ni d'exceptionnel. Avec le genre d'occupations qu'il avait, comment se serait-il mis à table d'un cœur léger ? C'était impensable, même au bout de cinq mois.

Il pensa aux onze — non, douze — enfants de l'après-midi et vida son verre en deux gorgées.

Il cligna les yeux et le séjour vacilla autour de lui. Tu en tiens une fameuse, mon petit père, se dit-il. Et alors ? Il n'avait pas de bonnes raisons de picoler, peut-être ?

Il balança son livre à travers la pièce. Bonsoir, Van Helsing, Mina, Jonathan et vous aussi, cher comte à l'œil de braise. Vous n'êtes que des inventions, des variations ineptes sur le même thème, sinistre.

Il eut un rire qui ressemblait à une quinte de

toux. Dehors, Ben Cortman lui cria de sortir. Patience, mon vieux Benny, j'arrive... Juste le temps de passer mon smoking.

Il frissonna et serra les dents. Et pourquoi pas ? Pourquoi ne pas sortir ? C'était le plus sûr moyen de se débarrasser d'eux.

Devenir l'un d'eux...

Ça paraissait si simple que c'en était comique. S'arrachant à son fauteuil, il se dirigea vers le bar en zigzaguant. Pourquoi pas, en effet ? Il peinait à aligner deux pensées. Pourquoi s'échiner à vivre quand il suffisait d'ouvrir une porte et de faire quelques pas pour en finir ?

Bon sang oui, pourquoi ? Bien sûr, il y avait l'infime probabilité que des gens pareils à lui subsistent quelque part, tentant eux aussi de survivre, avec l'espoir de se retrouver un jour parmi ceux de leur espèce. Mais comment les rencontrer s'ils demeuraient à plus d'un jour de voyage de sa maison ?

Il rajouta du whisky dans son verre — cela faisait des mois qu'il avait cessé de se rationner. Va pour accrocher des chapelets d'ail aux fenêtres, protéger la serre, brûler les corps, évacuer les pierres, réduire leur nombre petit à petit. Mais inutile de se leurrer : jamais il ne trouverait quelqu'un de pareil à lui.

Il se laissa tomber dans son fauteuil. Me voilà comme un coq en pâte, pensa-t-il, cerné par un bataillon de suceurs de sang qui ne rêvent que de s'abreuver gratis d'hémoglobine titrant 37 degrés... Allez-y les gars, c'est ma tournée !

Un rictus de pure haine déforma ses traits.

Ordures! Je vous ferai la peau à tous avant de capituler! Il serra le poing si fort que son verre se brisa.

Il regarda d'un œil hagard les morceaux de verre sur le tapis et celui fiché dans sa paume d'où s'égouttait du sang mêlé de whisky.

Voilà qui les aurait mis en appétit... Il se rua vers la porte en titubant et dut se retenir de l'ouvrir et d'agiter sa main blessée devant leurs yeux, rien que pour les entendre hurler.

Il ferma les yeux et frissonna de la tête aux pieds. Déconne pas, vieux... Va me soigner cette main.

Il faillit s'étaler sur le seuil de la salle de bains où il s'appliqua à nettoyer sa main. Il se mordit les lèvres pour ne pas crier quand il badigeonna l'entaille d'iode, puis se pansa du mieux qu'il put. Sa large poitrine se soulevait par à-coups et la sueur dégoulinait de son front. Une cigarette, vite...

De retour dans le séjour, il remplaça Brahms par Bernstein et alluma une cigarette. Que feras-tu si les clous de cercueil viennent à manquer? se demanda-t-il en suivant des yeux la traînée de fumée bleue de sa cigarette. Pas de chance que ça se produise; il y en avait encore un bon millier de boîtes dans le placard de Kathy...

Il serra les dents. Le placard de *la réserve*, tu entends? *La réserve!*

Non, la chambre de Kathy.

Il se mit à contempler le mur d'un regard vitreux tandis que *The Age of Anxiety* résonnait dans ses oreilles. L'âge de l'angoisse, tu parles. Tu croyais en connaître un rayon sur l'angoisse, mon vieux

Lenny? Lenny et Benny... Ils auraient fait un beau duo, ces deux-là. Cher compositeur, je vous présente un dé-compositeur. Dis, m'man, c'est vrai que j'ai des dents de vampire? Bien sûr, mon chou. Lève donc la tête, tu vas rayer le plancher.

Le whisky coula dans son verre avec un glou-glou. Grimaçant un peu à cause de la douleur, il fit passer la bouteille dans sa main gauche.

Il se rassit et sirota son verre. Que s'émoussent à présent les arêtes trop vives de la sobriété, pérora-t-il pour lui-même. Que s'estompent les contours de la réalité mesquine, mais que demeure la haine. Bon Dieu, comme je les hais...

Peu à peu, la pièce se mit à tournoyer, à onduler autour de sa chaise tel un gyroscope. Un agréable brouillard, un peu effiloché sur les bords, envahit son champ de vision. Il regarda son verre, le tourne-disque et laissa ballotter sa tête. Au-dehors, cela rôdait, chuchotait, s'impatientait...

Pôv' petits vampires, pensa-t-il, obligés de tour-niquer autour de ma maison. Comme ils doivent être tristes, et assoiffés...

Une pensée germa dans son esprit. Il leva un doigt sentencieux qui oscillait devant ses yeux.

Mes amis, si je suis parmi vous ce soir, c'est pour aborder le problème du vampire, espèce minori-taire s'il en est!

Ma thèse tient en quelques mots : les vampires sont victimes d'un préjugé. Or, la source des pré-jugés raciaux réside dans le postulat que la peur engendre la haine.

Il alla se verser un whisky; un grand.

En des temps reculés — disons, jusqu'à la fin du

Moyen Âge — le pouvoir du vampire était aussi grand que la terreur qu'il inspirait. C'est pourquoi on jeta l'anathème sur lui. La société ressent à son endroit une haine irrationnelle.

Pourtant, en quoi ses habitudes sont-elles plus révoltantes que celles des autres hommes et animaux ? Ses crimes sont-ils plus graves que ceux des parents qui étouffent la personnalité de leur enfant ? Son seul nom provoque des réactions d'effroi. Mais est-il plus monstrueux que les parents d'un gosse névrosé, futur homme politique ? Que l'industriel distribuant à des œuvres l'argent qu'il a amassé en fournissant en bombes et en fusils des terroristes kamikazes ? Que le producteur de l'infâme tord-boyaux avec lequel s'abrutissent de pauvres types déjà incapables d'aligner deux idées à jeun ('Mande pardon ; je suis en train de dénigrer le sein qui m'abreuve) ? Est-il pire enfin que le patron du torche-cul qui souille les présentoirs d'un flot de calomnies et d'obscénités ? Examinez bien vos consciences, mes petits cœurs, et dites-moi si le vampire est tellement épouvantable.

Tout ce qu'il fait, c'est boire du sang.

Pourquoi, dès lors, ce préjugé injuste et absurde à son égard ? Pourquoi le vampire ne peut-il vivre là où il en a envie ? Pourquoi l'obliger à se terrer ? Pourquoi chercher à le détruire ? Vous avez fait de ce pauvre innocent un animal traqué, sans moyen de subsistance ni possibilité d'instruction. Il n'a même pas le droit de vote. Pas étonnant qu'il doive mener l'existence d'un prédateur nocturne.

Ouais, ouais, bougonna intérieurement Neville. Mais vous laisseriez votre sœur en épouser un ?

Là, mon vieux, tu m'as cloué le bec...

La musique s'arrêta. La pointe continua à frotter contre les sillons noirs. Neville sentit un frisson lui remonter les jambes. Le problème, quand on boit trop, c'est qu'on ne jouit même plus des délices de l'ivresse. Nul réconfort dans l'alcool. À peine a-t-on atteint l'extase qu'on dégringole. Déjà, les murs retrouvaient leur aplomb et les bruits extérieurs recommençaient à lui titiller les tympans.

«Sors de là, Neville!»

Un soupir tremblant franchit ses lèvres. Sortir... Dehors, il y avait les femmes nues ou débraillées, leur chair offerte à ses caresses, leurs lèvres avides...

Avides de son sang. *Son sang!*

Il vit comme de l'extérieur son poing s'élever lentement puis s'abattre sur sa cuisse. Sous l'effet de la douleur, il avala un peu de l'air confiné de la pièce. L'odeur d'ail imprégnait tout, ses vêtements, ses meubles, sa nourriture et même sa boisson. Garçon, un ail-whisky, un! Quel effort avait dû fournir son cerveau pour accoucher de ce pitoyable calembour!

Il se leva tant bien que mal, se mit à marcher de long en large. Et maintenant, qu'est-ce que tu vas faire ? Croupir dans ta routine ? Épargne-toi cette peine. Lire, boire, insonoriser la maison... Et les femmes. Femmes lascives, avides de sang, qui exhibaient devant lui leurs corps nus et chauds. Non, pas chauds.

Un gémissement prolongé monta de sa poitrine, de sa gorge... Bon sang, qu'est-ce qu'elles s'imaginaient ? Qu'il allait sortir se livrer comme ça ?

Et pourquoi pas, hein ? Comme dans un rêve, il se vit ôter la barre de sécurité. J'arrive, les filles, j'arrive... C'est le moment de vous pourlécher, mes petites chattes.

Au bruit de la barre qui se soulevait, un hurlement de joie anticipée retentit dans la nuit.

Tournant brusquement les talons, Neville se mit à marteler le mur de ses poings jusqu'à fendre le plâtre et s'écorcher les mains. Il s'immobilisa alors, claquant des dents, tremblant de tous ses membres.

La crise finit par passer. Il remit alors la barre en place et gagna la chambre où il se jeta sur le lit et l'oreiller avec un grognement épuisé. Il frappa une dernière fois le couvre-lit de la main gauche, faiblement.

Seigneur, pensa-t-il. Ça va durer combien de temps encore ?

Chapitre 4

Le réveil ne sonna pas, faute d'avoir été commuté sur la position alarme. Neville avait dormi d'un sommeil de plomb. Quand il finit par ouvrir les yeux, il était dix heures.

Avec un grognement de dépit, il s'assit et posa les pieds par terre. Des élancements violents lui trouèrent alors le crâne, à croire que sa cervelle cherchait à s'en échapper. Génial, pensa-t-il. Une gueule de bois. Comme si j'avais besoin de ça !

Il se leva en bougonnant, se traîna jusqu'à la salle de bains, s'aspergea le visage et la tête d'eau froide. Inutile, se plaignit son cerveau. Je suis toujours aussi vaseux. Dans le miroir, son visage creux et mal rasé paraissait plus que son âge. Amour, ton sortilège est partout. Ces mots ineptes claquèrent dans sa tête tels des draps mouillés au vent.

Il traversa le séjour d'un pas lent et ouvrit la porte d'entrée. Il lâcha un juron en découvrant un corps de femme affalé sur le trottoir. Mais comme la colère redoublait sa migraine, il préféra faire le vide en lui. Bon Dieu, qu'est-ce que je tiens, songea-t-il.

Le ciel était d'un gris atone. Merveilleux!
Encore un jour à rester terré dans ce trou à rat! Il
claqua violemment la porte mais le bruit lui transperça le crâne et il grimaça. Il entendit les derniers débris du miroir tomber sur le trottoir en
ciment dehors. Absolument merveilleux!

Deux tasses de café noir eurent pour seul effet
d'aggraver ses brûlures d'estomac. Il posa sa tasse
et se dirigea vers le salon. Et merde! pensa-t-il.
Autant me remettre à picoler.

Mais le whisky avait un goût de térébenthine.
Avec un grondement de rage, il jeta le verre à
moitié plein contre le mur et regarda son contenu
se répandre sur le tapis. Bordel, je vais finir par
manquer de verres. Cette idée eut le don de l'irri-
ter; sa respiration était difficile, saccadée.

Il se laissa tomber sur le divan, secoua lentement la tête. À quoi bon lutter? Ils étaient trop
forts, les infâmes salauds.

La fièvre le gagna à nouveau; il avait la sensation de se dilater alors que l'espace se resserrait
autour de lui. D'une seconde à l'autre, il allait crever les murs de la maison dans une explosion de
bois, de plâtre et de briques. Il se leva et gagna
vivement la porte, les mains tremblantes.

Il sortit sur la pelouse et respira à longs traits
l'humidité du matin, tournant le dos à cette maison qu'il haïssait. Mais sa haine englobait les maisons voisines, les pelouses, les trottoirs, tout
Cimarron Street, et elle ne cessait de grandir…
Tout à coup, le besoin de bouger s'imposa à lui.
Temps couvert ou pas, il n'allait pas rester là.

Il verrouilla la porte d'entrée et fit basculer

celle du garage. Il ne prit pas la peine de la refermer. Je serai bientôt de retour, se dit-il. Je vais
juste faire un petit tour.

Il sortit la voiture en marche arrière, braqua en
direction de Compton Boulevard et appuya à
fond sur l'accélérateur. Il n'avait aucune idée de
sa destination.

Il prit le virage à soixante à l'heure et dépassa
les cent avant d'avoir atteint le carrefour suivant.
La voiture fit un bond en avant. La jambe tendue,
il maintint la pression sur le champignon. Ses
mains étaient soudées au volant tels deux blocs de
glace, son visage était celui d'une statue. Il fila à
cent quarante le long du boulevard désert et sans
vie, pareil à un grondement de tonnerre dans le
silence immense.

Comme il traversait la pelouse du cimetière, il
lui sembla que tout ce que la nature avait de
fruste et d'exubérant s'était concentré en ce
lieu.

L'herbe, si haute qu'elle se couchait sous son
propre poids, craquait sous les semelles. Il n'entendait aucun bruit, hormis celui de ses pas et le
chant absurde des oiseaux. À une époque, pensa-
t-il, je voyais dans leur chant un reflet de l'harmo-
nie du monde. Je me trompais : si les oiseaux
chantent, c'est juste qu'ils n'ont pas de cervelle.

Il avait roulé dix kilomètres le pied au plancher
avant de comprendre où il allait. Jusque-là, bizarrement, son esprit et son corps avaient conspiré
pour lui dissimuler sa destination. Tout ce qu'il
croyait savoir, c'est qu'il se sentait mal, déprimé,

et devait s'éloigner de la maison. Il n'avait pas prévu de rendre visite à Virginia.

Pourtant, il s'était rendu au cimetière sans détour et aussi vite qu'il avait pu. Une fois la voiture garée contre le trottoir, il avait franchi la grille rouillée et coupé à travers l'herbe drue qui s'écrasait sous ses pieds.

Depuis quand n'était-il pas venu ici ? Au moins un mois. Il aurait dû apporter des fleurs, mais c'était seulement devant la grille qu'il avait pris conscience du but de sa course.

La tristesse le submergea à nouveau. Pourquoi Kathy n'était-elle pas là aussi ? Pourquoi avait-il obéi aveuglément à ces imbéciles et à leurs règlements stupides au temps de l'épidémie ? Si Kathy avait pu dormir là, près de sa mère…

Tu ne vas pas remettre ça, non ? se reprocha-t-il.

En approchant de la crypte, il eut un haut-le-corps : la porte en fer était entrouverte. Oh ! non. Il se mit à courir sur l'herbe humide. S'ils sont entrés, s'ils ont osé la toucher, je jure devant Dieu que je brûlerai toute la ville, jusqu'aux fondations !

Il ouvrit toute grande la porte, la projetant contre le mur qui résonna d'un bruit caverneux. Son regard alla droit au socle de marbre sur lequel reposait le cercueil scellé.

La tension retomba d'un coup et il respira plus calmement. Le cercueil était toujours là, intact.

C'est alors qu'il aperçut l'homme blotti dans un coin de la crypte, étendu à même le sol glacé.

Avec un grognement de rage, Robert Neville se jeta sur lui et l'agrippant par son manteau, il le traîna et le jeta brutalement dehors, sur l'herbe. Le corps roula sur le dos, sa face livide tournée vers le ciel.

Robert Neville s'enfonça de nouveau dans la crypte, tout essoufflé. Il ferma les yeux et posa les mains à plat sur le couvercle du cercueil.

Je suis là, pensa-t-il. Je suis revenu. Rappelle-toi...

Il jeta les fleurs qu'il avait apportées la fois précédente et ramassa quelques feuilles entrées par la porte ouverte.

Puis il s'assit à côté du cercueil et appuya son front contre son flanc glacé.

Le silence le cueillit dans ses mains fraîches et bienfaisantes.

Si je pouvais mourir maintenant, songea-t-il. Doucement, paisiblement, sans peur et sans cris. Si je pouvais la rejoindre. Si au moins je pouvais y croire...

Ses doigts se crispèrent lentement, sa tête s'inclina vers sa poitrine.

Virginia. Emmène-moi là où tu es.

Une larme de cristal roula sur sa main immobile...

Il n'aurait su dire combien de temps il demeura ainsi. Au bout d'un moment, toutefois, la tristesse la plus noire finit par s'apaiser, le désespoir le plus vif par s'émousser. C'est le sort du flagellant, se dit-il, que de devenir insensible même à la morsure du fouet.

Il se redressa et se mit debout. Toujours vivant, constata-t-il. Un cœur qui bat, un sang qui coule,

des os, des muscles, des tissus qui fonctionnent
Dieu sait pourquoi.

Il s'attarda encore un peu auprès du cercueil,
puis il soupira et sortit en refermant doucement la
porte, comme s'il craignait de troubler le sommeil
de Virginia.

Il avait oublié l'homme. Quand il faillit trébu-
cher sur lui, il étouffa un juron et fit un écart pour
l'éviter.

Il se retourna tout à coup, fixant sur l'homme
un regard incrédule. Il était mort, bel et bien
mort. Comment était-ce possible ? La transforma-
tion avait été si rapide qu'à l'odeur et à l'aspect,
on aurait dit un cadavre de plusieurs jours.

Une soudaine agitation s'empara de son esprit.
Quelque chose avait tué le vampire avec une effi-
cacité redoutable. Le cœur était intact, il n'y avait
pas d'ail à proximité, et pourtant...

L'explication surgit comme par enchantement :
La lumière du jour !

Pour un peu, il se serait giflé : depuis cinq
mois, il avait pu observer qu'ils restaient enfer-
més durant la journée et pas une fois il n'avait
fait le rapprochement ! C'était vraiment trop stupide.

Les rayons du soleil, infrarouges et ultraviolets.
C'était sûrement ça. Mais pourquoi ? Merde, comment se faisait-il qu'il ignorât tout des effets du
soleil sur l'organisme humain ?

Autre chose : cet homme était un vrai vampire ;
un mort-vivant. Le soleil avait-il le même effet sur
ceux qui étaient toujours vivants ?

Pour la première fois depuis des mois, il éprou-

vait quelque chose qui ressemblait à de l'enthou-
siasme. Il courut jusqu'à la voiture.

Alors qu'il claquait la portière, Neville se
demanda s'il n'aurait pas dû emporter le cadavre
de l'homme : ne risquait-il pas d'en attirer d'autres
qui envahiraient alors la crypte ? De toute manière,
ils ne s'approcheraient pas du cercueil car il était
protégé par de l'ail. En outre, le sang de l'homme
était inutilisable à présent ; il…

Il lâcha à nouveau le fil de ses pensées, sautant
directement à la conclusion : les rayons du soleil
devaient agir sur leur sang !

Se pouvait-il, dès lors, que tout fût en relation
avec le sang ? L'ail, la croix, le miroir, le pieu, la
lumière du jour, la terre où reposaient certains ? Il
ne voyait pas le lien, et pourtant…

Voilà peut-être la pièce manquante du puzzle.
Il lui faudrait lire, se livrer à des recherches
approfondies. Cela faisait longtemps qu'il en avait
eu l'intention, mais cette nouvelle découverte vint
la raviver.

Il démarra le moteur et remonta la rue à vive
allure. Lorsqu'il eut atteint le quartier résidentiel,
il se gara devant la première maison qu'il vit.

Il se précipita vers la porte d'entrée, mais elle
était fermée à clé et il ne parvint pas à en forcer la
serrure. S'impatientant, il courut jusqu'à la maison
voisine. Celle-ci était ouverte. Il fonça vers l'escalier à travers la pénombre du séjour et grimpa les
marches deux à deux.

Il trouva la femme dans la chambre à coucher.
Sans hésiter, il arracha ses couvertures et la saisit
par les poignets. Lorsque son corps heurta le sol,

elle poussa un grognement suivi de petites plaintes gutturales tandis qu'il la tirait sur le palier puis dans l'escalier.

Dans le séjour, elle commença à se débattre.

Ses mains serrèrent les poignets de Neville, son corps s'agita sur le tapis. Elle avait toujours les yeux clos, mais elle respirait avec gêne et faisait des efforts désespérés pour se soustraire à son étreinte. Ses ongles sombres s'enfoncèrent dans la chair de Neville qui la repoussa avec hargne et finit de la traîner par les cheveux. D'ordinaire, il ne pouvait éviter quelque pitié à l'idée que ces êtres, malgré leur monstruosité incompréhensible, étaient pareils à lui. Mais à présent, le besoin de savoir le taraudait et voilà tout ce qui comptait à ses yeux.

Malgré tout, il frissonna en l'entendant gémir de terreur quand il la jeta sur le trottoir.

Elle continua de se tordre sur le sol, impuissante, ouvrant et refermant spasmodiquement les mains, retroussant les lèvres sur des dents tachées de rouge.

Robert Neville la regardait intensément, mordant sa propre lèvre. C'est vrai qu'elle souffre, se disait-il. Mais elle est des leurs et elle m'aurait tué avec plaisir si elle en avait eu l'occasion. C'est comme ça qu'il faut le voir, pas autrement. Serrant les dents, il la regarda mourir sans broncher.

Au bout de quelques minutes, elle cessa de geindre et de remuer et ses mains s'ouvrirent lentement, telles des fleurs blanches sur le ciment. Robert Neville s'accroupit et lui palpa la poitrine. Le cœur ne battait plus. Déjà, elle se refroidissait.

Il se releva avec un mince sourire. Ainsi, c'était vrai... Plus besoin de pieux. Après tout ce temps, il avait fini par trouver une meilleure méthode.

Puis il retint son souffle : qui sait si la femme était vraiment morte ? Et comment s'en assurer avant le crépuscule ?

Cette pensée l'emplit de colère : pourquoi chaque nouvelle question venait-elle anéantir la réponse à la précédente ?

Il réfléchit au problème en sirotant une boîte de jus de tomate provenant du supermarché derrière lequel il s'était garé.

Comment savoir ? Il n'était pas question de s'attarder auprès d'elle jusqu'au coucher du soleil...

Ramène-la donc chez toi, abruti !

Ses yeux se fermèrent à nouveau, et un frisson de contrariété le parcourut. L'évidence était là, qui lui crevait les yeux, et lui ne voyait rien. À présent, il allait devoir retourner sur ses pas et la retrouver, sans même savoir où était la maison.

Il démarra le moteur et, en quittant le parking, il jeta un coup d'œil à sa montre : trois heures. Il avait tout le temps de rentrer avant qu'ils arrivent. Il appuya un peu sur le champignon, donnant de la vitesse à la voiture.

Il lui fallut près d'une demi-heure pour repérer la maison. La femme était toujours sur le trottoir, dans la même position. Ayant enfilé ses gants, Neville ouvrit le coffre du break. Comme il s'approchait de la femme, il ne put s'empêcher de la reluquer. Pour l'amour du ciel, ça ne va pas recommencer !

Il la traîna jusqu'à la voiture et la hissa dans le

coffre, puis il releva le hayon et ôta ses gants. Ce faisant, il regarda à nouveau sa montre : trois heures. Il avait tout le temps...

Son cœur fit un bond. D'un geste brusque, il colla la montre contre son oreille.

Elle était arrêtée...

Chapitre 5

Ses doigts tremblants tournèrent la clé de contact. Les mains crispées sur le volant, il fit un demi-tour serré et repartit en direction de Gardena.

Quel imbécile il était! Il lui avait fallu une bonne heure pour atteindre le cimetière, puis il avait passé un temps interminable dans la crypte. Après quoi, il avait découvert la femme, fait un saut au supermarché et bu un jus de tomate avant de retourner la chercher.

Quelle heure pouvait-il être en réalité?

Quel sombre idiot! Une terreur sans nom lui glaçait le sang à l'idée qu'ils aient pu l'attendre devant chez lui. Et il avait laissé le garage ouvert! Bon Dieu... L'essence, les outils, le groupe électrogène!

Avec un gémissement sourd, il appuya à fond sur l'accélérateur. Le break fit un bond en avant; l'aiguille du compteur frémit puis grimpa à cent, cent dix, cent vingt kilomètres heure... Et s'ils étaient déjà en train de l'attendre? Comment ferait-il pour rentrer chez lui?

Il se força à se calmer. Ce n'était pas le moment de perdre les pédales ; il devait agir avec sang-froid. Il trouverait le moyen d'entrer. Ne t'en fais pas, se dit-il. Tu y arriveras. Oui, mais comment ?

Il passa une main dans ses cheveux d'un geste nerveux. Parfait, ironisa-t-il à part soi. Avoir déployé tous ces efforts pour survivre, et finir par ne pas rentrer à temps. La ferme ! se rabroua-t-il. Pourtant, il se serait tué pour avoir oublié de remonter sa montre la veille. Ne te donne pas cette peine, pensa-t-il. Ils le feront volontiers pour toi. Soudain, il se rendit compte qu'il défaillait presque de faim. Les quelques bouchées de viande en conserve qu'il avait accompagnées de jus de tomate étaient loin de l'avoir rassasié.

Les rues défilaient, silencieuses, tandis qu'il regardait autour de lui, craignant d'apercevoir l'un d'eux sur le seuil d'une maison. La nuit lui semblait proche, mais ce n'était peut-être qu'un effet de son imagination. Il ne pouvait pas être aussi tard…

Comme il passait le coin de Western Avenue et de Compton Boulevard, il vit un homme surgir d'un immeuble et se précipiter vers lui en criant. Une main de glace lui comprima le cœur alors que les cris de l'homme tournoyaient derrière la voiture.

Pas moyen d'aller plus vite.. L'angoisse le gagna à l'idée d'un pneu éclatant, de la voiture dérapant et mordant sur le trottoir pour achever sa course dans un mur. Il serra les lèvres pour réprimer leur tremblement. Il ne sentait plus ses mains sur le volant.

Il dut ralentir à l'angle de Cimarron Street. Du coin de l'œil, il vit un autre homme jaillir d'une maison et s'élancer derrière le break.

Puis, alors qu'il négociait le virage dans un grand crissement de pneus, il eut le souffle coupé.

Ils étaient tous devant sa maison, à attendre.

Un gémissement terrifié jaillit de sa gorge. Il ne voulait pas mourir. Bien sûr, il y avait déjà pensé, l'avait même souhaité. Mais il ne voulait pas mourir, pas comme ça.

Au bruit du moteur, ils tournèrent tous leur face blafarde vers lui. D'autres sortirent en hâte du garage resté ouvert. Quelle mort stupide, absurde! pensa-t-il avec rage.

Ils se mirent à courir vers la voiture en se déployant sur toute la largeur de la rue. Il comprit brusquement qu'il ne devait surtout pas s'arrêter. Il appuya sur le champignon et fonça dans le tas, en renversant trois, comme des quilles. Sous le choc, la voiture eut un cahot. Dans un éclair, il entrevit leurs visages livides derrière la vitre et leurs cris lui glacèrent le sang.

Quand il les eut dépassés, il vit dans le rétroviseur qu'ils s'étaient tous lancés à sa poursuite. Un plan se forma dans son esprit. Sur une inspiration, il ralentit, laissant l'aiguille du compteur chuter à quarante-cinq, puis à trente.

Il les vit gagner du terrain, vit leurs visages cendreux qui se rapprochaient, leurs yeux sombres fixés sur sa voiture, sur lui.

Soudain, un grondement tout proche le fit sursauter; en tournant la tête, il reconnut le faciès halluciné de Ben Cortman juste derrière la vitre.

D'instinct, il appuya sur l'accélérateur mais son autre pied dérapa sur la pédale d'embrayage. Le break fit un bond en avant, si brutal que Neville crut se briser le cou, puis il cala.

Son front se couvrit de sueur tandis qu'il pressait fébrilement le démarreur. Ben Cortman passa un bras dans l'habitacle, cherchant à l'atteindre avec ses griffes.

Poussant un grognement de fureur, Neville écarta sa main blanche et froide.

« Neville, Neville ! »

Ben Cortman l'assaillit de nouveau. Ses ongles paraissaient taillés dans la glace. Neville le repoussa et écrasa le bouton du démarreur, en proie à un tremblement irrépressible. Il entendait les autres pousser des cris excités derrière lui à mesure qu'ils se rapprochaient.

Enfin, le moteur toussa et embraya comme les ongles de Cortman lui griffaient la joue.

« Neville ! »

Sous l'effet de la douleur, il serra le poing et l'envoya dans la figure de Ben Cortman qui tomba à la renverse. Au même moment, le break s'ébranla et prit de la vitesse. L'un des autres le rattrapa et sauta à l'arrière du véhicule en s'y cramponnant. Neville aperçut à travers la lunette arrière son visage blême et son regard fou. Il donna un brusque coup de volant en direction du trottoir, l'obligeant à lâcher prise. Il le vit ensuite traverser une pelouse en courant, les bras tendus devant lui, et s'écraser violemment contre le mur d'une maison.

Le cœur de Neville battait si fort que sa poitrine

semblait prête à éclater. Sa respiration était haletante et son corps comme engourdi. S'il n'éprouvait aucune douleur, un peu de sang coulait sur sa
joue. Il l'essuya en hâte d'une main tremblante.

Il tourna à droite au carrefour, surveillant tour
à tour le rétroviseur et la rue devant lui, puis
encore à droite dans Haas Street. Et s'ils avaient
l'idée de couper à travers les jardins pour lui blo-
quer le passage ?

Il ralentit un peu jusqu'à ce qu'il les vît tourner
le coin de la rue, pareils à une meute de loups.
Puis il accéléra de nouveau, espérant qu'ils le sui-
vaient tous. Certains avaient-ils deviné ses inten-
tions ?

Il maintint le champignon enfoncé, laissant filer
le break. Il prit le virage suivant à soixante-quinze
à l'heure puis tourna à droite dans Cimarron
Street.

Il poussa un soupir de soulagement : personne
en vue devant la maison. Dans ce cas, tout n'était
peut-être pas perdu. Mais il lui faudrait abandonner le break, car il n'aurait pas le temps de le rentrer au garage.

Il s'arrêta au bord du trottoir et ouvrit sa portière d'une poussée. Comme il contournait la voiture, une clameur tourbillonnante lui signala leur
approche.

Il allait devoir prendre le risque de fermer le
garage. Sinon, ils pourraient détruire le groupe
électrogène — sans doute n'en avaient-ils pas
encore eu le temps. Il remonta précipitamment
l'allée, faisant sonner le ciment sous ses pas.

« Neville ! »

Il recula brusquement, juste comme Cortman jaillissait de l'ombre dense du garage.

Cortman lui rentra dedans, manquant de le renverser. Neville sentit ses mains froides et robustes se refermer sur son cou et son haleine fétide lui frôler le visage. Alors qu'ils reculaient vers le trottoir en titubant, les crocs blancs de Cortman fondirent sur sa gorge.

Neville lança son poing en avant, écrasant la pomme d'Adam de Cortman qui s'étrangla. Au même moment, le meneur de la horde apparut au coin de la rue, hurlant et accourant dans leur direction.

Robert Neville saisit Cortman par ses cheveux longs et gras et l'envoya violemment contre la voiture où il s'assomma.

Il jeta un regard vers le haut de la rue. Plus le temps de fermer le garage! Vite, il franchit l'angle de la maison et gagna la porte d'entrée.

Il s'arrêta si brutalement qu'il faillit tomber. Nom de Dieu, les clés!

Le souffle coupé par la terreur, il tourna les talons et se rua vers la voiture. Comme Cortman se relevait avec un grognement guttural, il le rejeta sur le trottoir d'un coup de genou, puis il plongea à l'intérieur de la voiture et arracha le trousseau de clés du contact.

Alors qu'il ressortait en hâte, le premier de la bande lui sauta dessus.

Il recula vivement sur le siège, de sorte que l'homme trébucha sur ses jambes et s'étala sur le trottoir. L'écartant du passage, Neville fonça à travers la pelouse jusqu'à la porte d'entrée.

Le temps de trouver la bonne clé, un autre homme bondit sur lui, le plaquant contre le mur. Il respira de nouveau leur haleine imprégnée de sang ; une gueule barrée de crocs fondit sur sa gorge. Un coup de genou dans le bas-ventre de son agresseur puis il s'arc-bouta au mur, leva haut la jambe, et expédia l'homme plié en deux dans celui qui arrivait derrière.

Neville s'abattit sur la porte, tourna la clé et se faufila à l'intérieur. Juste comme il repoussait le battant, un bras se glissa par l'entrebâillement. Il appuya de toutes ses forces jusqu'à entendre craquer l'os, puis il relâcha sa pression le temps de dégager le bras cassé et claqua la porte. Les mains tremblantes, il mit la barre de sécurité en place.

Il se laissa glisser sur le sol et resta étendu sur le dos dans l'obscurité. Sa poitrine se soulevait avec effort, ses bras et ses jambes étaient de plomb. Dehors, la horde hurlait et donnait de grands coups dans la porte, criant son nom au paroxysme d'une fureur démente. Il y en avait qui ramassaient des pierres et les lançaient contre la maison en l'insultant. Lui écoutait leurs vociférations, le bruit mat des pierres s'écrasant sur la façade.

Au bout d'un moment, il réussit à se lever et se traîna jusqu'au bar. Il versa la moitié de son whisky à côté du verre, sur le tapis. Il vida le reste d'un trait en se retenant au bar. Il avait les jambes qui flageolaient, la gorge oppressée et un tic nerveux faisait trembler sa lèvre.

Peu à peu, la chaleur de l'alcool gagna tout son corps. Son souffle s'apaisa, ses muscles se relâchèrent.

Un bruit violent au-dehors le fit sursauter.

Il se précipita vers le judas et y colla son œil. Il sentit la rage l'envahir en les voyant briser avec des briques et des pierres les vitres du break renversé, arracher le capot, s'acharner sur le moteur à coups de bâton, bosselant la carrosserie sous leurs assauts. À ce spectacle, la colère se répandit en lui telle une traînée d'acide, des injures se formèrent dans sa gorge et ses mains se crispèrent en deux énormes poings.

Faisant volte-face, il s'approcha du lampadaire et voulut l'allumer : rien. Il se rua vers la cuisine. Le réfrigérateur ne fonctionnait plus. Il parcourut l'une après l'autre les pièces obscures. Le congélateur était arrêté ; toutes ses provisions allaient être perdues. La maison était morte.

Alors, il laissa éclater sa fureur. C'en était trop !

Il fourragea dans le tiroir de la commode, arrachant fébrilement les vêtements, jusqu'à ce qu'il eût trouvé les revolvers chargés.

Retraversant en hâte le séjour plongé dans le noir, il arracha la barre de la porte et la jeta sur le sol avec un grand fracas. Puis il ouvrit la porte, soulevant une vague de hurlements. J'arrive, bande de fumiers ! enragea-t-il en lui-même.

Il tira le battant par surprise et descendit le premier presque à bout portant. Comme il roulait au bas des marches, deux femmes s'avancèrent dans des robes boueuses et déchirées, les bras ouverts comme pour l'étreindre. Il les regarda se convulser sous les balles, puis il les repoussa et continua à tirer en visant leur ventre, ses lèvres exsangues retroussées en un rictus sauvage.

Quand les deux chargeurs furent vides, il se déchaîna sur les autres à coups de crosse. Puis il crut devenir fou quand les trois qu'il venait d'abattre fondirent à nouveau sur lui. Lorsqu'ils lui arrachèrent ses pistolets, il se défendit avec les poings, les coudes, distribuant des coups de tête et de brodequins.

Une douleur cuisante à l'épaule lui révéla brusquement l'absurdité de sa tentative. Bousculant les deux femmes, il recula vers la porte. Un bras d'homme le saisit par le cou. Se courbant en deux, il bascula son adversaire sur son dos et le précipita parmi ses congénères. Puis il franchit le seuil d'un bond, empoigna les montants du chambranle et lança les jambes en avant, expédiant ses agresseurs dans les buissons.

Sans leur laisser le temps de réagir, il leur claqua la porte au nez, tourna la clé, poussa le verrou et remit la barre en place.

Dans le havre froid et sombre de sa demeure, Robert Neville écouta hurler les vampires au-dehors.

Puis il s'appuya contre le mur et le frappa lentement du poing, à bout de forces. Des larmes coulaient sur ses joues mal rasées et la douleur irradiait dans ses mains sanglantes. Tout était perdu, tout.

« Virginia, sanglota-t-il comme un enfant apeuré. Virginia. Virginia… »

DEUXIÈME PARTIE

Mars 1976

Chapitre 6

Enfin, la maison était de nouveau habitable.

En fait, elle l'était même plus qu'avant car il avait finalement passé trois jours à insonoriser les murs. À présent, ils pouvaient crier et hurler tout leur soûl sans qu'il soit tenu de les écouter. Il appréciait tout particulièrement de ne plus entendre Ben Cortman.

Tout cela lui avait coûté du temps et du travail. Il s'était d'abord occupé de remplacer la voiture détruite par les vampires, ce qui n'avait pas été une mince affaire.

Il avait dû se rendre à Santa Monica, où se trouvait l'unique dépôt Willys qu'il connaissait : les véhicules de cette marque étaient les seuls dont il avait la pratique, et le moment semblait mal choisi pour se livrer à des expériences. Ne pouvant y aller à pied, il s'était résolu à emprunter l'une des nombreuses voitures garées dans le voisinage. Mais la plupart étaient hors d'usage pour une raison ou une autre : batterie déchargée, pompe d'alimentation encrassée, réservoir à sec pneus à plat…

Il avait fini par en dénicher une qui avait consenti à démarrer, dans un garage à quelque quinze cents mètres de chez lui. Il avait alors filé à Santa Monica où il s'était procuré un break neuf. Le temps de changer la batterie, faire le plein du réservoir et charger des bidons d'essence dans le coffre, il avait regagné sa maison une heure avant le coucher du soleil.

Désormais, il ne prenait plus le moindre risque.

Par bonheur, le groupe électrogène n'avait pas été détruit. Apparemment, les vampires n'étaient pas conscients de son importance car les dommages qu'ils lui avaient infligés se limitaient à un fil arraché et à quelques coups de trique. Il l'avait remis en état le lendemain même de l'attaque, ce qui lui avait permis de sauver ses réserves. Encore heureux : où aurait-il trouvé d'autres surgelés maintenant que toute la ville était privée de courant ?

Pour le reste, il avait remis de l'ordre dans le garage, balançant aux ordures débris d'ampoules, fusibles, câbles, prises, soudures, éléments de moteur ainsi qu'un sachet de graines qu'il conservait là depuis Dieu sait quand.

La machine à laver n'étant pas réparable, il avait été forcé de la remplacer. Cela avait été un jeu d'enfant. En revanche, il s'était échiné à éponger l'essence des bidons qu'ils avaient répandue sur le sol. Ils s'étaient vraiment surpassés...

Dans la maison, il avait fait un raccord au plâtre puis, sur sa lancée, il avait revu la décoration du séjour.

Une fois à pied d'œuvre, il s'était totalement

investi dans ces travaux, heureux d'y trouver un dérivatif à la fureur qui bouillonnait toujours en lui. Cela le changeait aussi de la monotonie des tâches quotidiennes, enlèvement des corps, réparations extérieures, remplacement des chapelets d'ail...

À cette occasion, il avait diminué sa consommation d'alcool au point de rester presque toute une journée sans y toucher. Le soir, au lieu de chercher l'oubli dans l'abrutissement, il s'accordait tout au plus un verre pour se détendre avant le coucher. L'appétit revint, il gagna deux kilos et perdit un peu de ventre. Il recommença à dormir des nuits complètes, d'un sommeil sans rêves.

Un temps, il caressa même le projet d'emménager dans quelque palace, mais l'idée du travail qu'il aurait à fournir pour le rendre habitable le fit renoncer. Décidément, on n'était nulle part aussi bien que chez soi.

Confortablement installé dans le séjour, il écoutait la Symphonie Jupiter de Mozart en se demandant comment — ou plutôt, par où — il allait commencer ses investigations.

Il disposait d'un certain nombre d'éléments, mais ce n'étaient que des points de repère. La solution se cachait ailleurs, sans doute dans un fait déjà connu mais qu'il ne considérait pas sous le bon éclairage ; une pièce du puzzle dont il n'avait pas encore trouvé la place exacte.

Mais lequel ?

Assis dans son fauteuil, un verre embué à la main, il contemplait le paysage du Grand Nord canadien qui décorait maintenant le mur : une forêt remplie d'ombres mystérieuses, lourde du silence et de l'absence de l'homme. Le regard noyé dans ces profondeurs vertes et tranquilles, il donna libre cours à ses réflexions.

Peut-être fallait-il remonter dans le temps. Peut-être la réponse gisait-elle dans le passé, dans quelque obscure crevasse de sa mémoire. Rappelle-toi, insista-t-il auprès de son esprit. Retourne en arrière.

C'était un tel crève-cœur que de se souvenir...

Il y avait eu une nouvelle tempête de poussière durant la nuit. Les tourbillons du vent avaient criblé la maison d'un mélange de sable et de gravier qui se logeait dans chaque fissure, s'infiltrait dans les interstices du plâtre, laissant une mince pellicule poudreuse sur les meubles. La poussière se déposait même sur leur lit, s'accrochant à leurs cheveux et à leurs cils, se glissant sous leurs ongles et dans tous leurs pores.

Il avait passé la moitié de la nuit sans dormir, à guetter la respiration oppressée de Virginia. Mais le tumulte strident de la tempête couvrait tous les autres bruits. À un moment, à mi-chemin de la veille et du sommeil, il avait cru la maison prisonnière d'une ponceuse géante qui la comprimait et la faisait vibrer du sol au plafond entre ses disques monstrueux.

Il ne s'était jamais habitué à ces tempêtes. Le sifflement incessant du vent lui mettait toujours les nerfs à vif. D'autre part, elles n'étaient pas assez fréquentes pour qu'il pût s'y accoutumer. À chaque fois, il passait une nuit blanche et le lendemain, il se rendait à l'usine le corps et l'esprit également mal en point.

En plus, depuis peu, il se faisait du souci pour Virginia.

Vers les quatre heures, il émergea d'un assoupissement et constata que la tempête avait cessé. Par un effet de contraste, le silence lui parut tout à coup assourdissant.

Comme il se soulevait afin de tirer son pyjama tire-bouchonné, il s'avisa que Virginia était réveillée. Étendue sur le dos, elle regardait le plafond.

« Qu'est-ce qu'il y a ? » marmonna-t-il, la bouche pâteuse.

Elle ne répondit pas.

« Chérie ? »

Elle dirigea lentement son regard vers lui.

« Il n'y a rien, dit-elle. Dors.

— Comment te sens-tu ?

— Toujours pareil.

— Oh. »

Il la contempla un moment puis se retourna et ferma les yeux.

Le réveil sonna à six heures et demie. D'habitude, c'était Virginia qui éteignait l'alarme. Comme elle ne bougeait pas, il étendit le bras au-dessus de son corps inerte et s'en chargea lui-même. Elle était toujours couchée sur le dos, le regard fixe.

« Qu'est-ce qui se passe ? s'inquiéta-t-il.

— Je ne sais pas. Je n'arrive pas à dormir, c'est tout.

— Pourquoi ? »

Elle eut un murmure indécis.

«Tu te sens toujours faible?»

Elle tenta de s'asseoir, en vain.

«Reste tranquille, mon amour.» Il lui toucha le front. «Tu n'as pas de fièvre.

— Je ne me sens pas malade. Juste un peu... fatiguée.

— Je te trouve pâle.

— Je sais, j'ai l'air d'un fantôme.

— Reste au lit.»

Elle était déjà debout.

«Je ne vais pas me dorloter, dit-elle. Va, habille-toi. Ça ira.

— Tu ne devrais pas te lever si tu ne te sens pas bien, chérie.»

Elle lui tapota le bras, sourit.

«Ça va aller. Prépare-toi vite.»

Tandis qu'il se rasait, il l'entendit traîner les pieds le long du couloir. Ayant entrouvert la porte, il la vit traverser le séjour en peignoir, la démarche lente et mal assurée. Il secoua la tête. Elle aurait mieux fait de rester couchée.

Le lavabo était noir de poussière. Cette saloperie se fourrait vraiment partout. Il avait dû tendre un dais au-dessus du lit de Kathy pour protéger son visage. Il avait cloué la toile à mi-hauteur du mur longeant le lit, l'autre bord maintenu par deux piquets fixés au pied et à la tête de ce dernier.

Il se rasa tant bien que mal, parce que son savon à barbe était plein de sable et qu'il n'avait pas le temps de fignoler. Il se rinça, prit une serviette propre dans le placard du couloir et se sécha.

Avant de retourner s'habiller dans la chambre, il jeta un coup d'œil chez Kathy.

Elle dormait encore, sa petite tête blonde calée sur l'oreiller, les joues toutes roses de sommeil. Il passa un doigt sur l'étoffe du dais et le retira gris de poussière. Grimaçant de dégoût, il quitta la chambre.

«J'aimerais bien que ces fichues tempêtes cessent, dit-il en entrant dans la cuisine, dix minutes plus tard. Je suis sûr que...»

Il s'interrompit. D'habitude, il trouvait Virginia devant la cuisinière, en train de préparer les œufs, les toasts, le café, et non assise. Si le café était en train de passer, il n'y avait rien sur le feu.

«Trésor, si tu ne te sens pas bien, retourne te coucher, lui dit-il. Je peux préparer mon petit déjeuner moi-même.

— Je vais bien, répondit-elle. Je me reposais un moment. Excuse-moi. Je vais faire cuire tes œufs.

— Reste assise. Je ne suis pas empoté à ce point-là.»

Il s'approcha du réfrigérateur et l'ouvrit.

«Je voudrais bien savoir ce que j'ai, dit-elle. La plupart de nos voisins l'ont attrapé aussi, et tu dis qu'il y a une bonne moitié d'absents à l'usine.

— Ça doit être une espèce de virus, hasarda-t-il.

— Je n'en sais rien, reprit-elle en secouant la tête.

— Entre les tempêtes, les moustiques et tous ces gens malades, la vie va bientôt devenir impossible, remarqua-t-il en se versant un verre de jus d'orange. Tiens! Comme on parle du loup...»

Il retira un grain de poussière noire de son verre.

«Je me demande comment ces saloperies s'introduisent dans le frigo, grogna-t-il.

— Pas pour moi, Bob.

— Tu ne veux pas de jus d'orange ?

— Non.

— Pourtant, ça te ferait du bien.

— Vraiment, chéri», dit-elle avec une esquisse de sourire.

Il rangea la bouteille dans le réfrigérateur et s'assit face à elle pour boire.

«Tu n'as mal nulle part ? Pas de migraine, rien ? »

Elle secoua la tête.

«Je voudrais bien savoir ce que j'ai, dit-elle.

— Promets-moi que tu appelleras le docteur Busch aujourd'hui.

— Je te le promets», dit-elle en faisant mine de se lever. Il posa une main sur la sienne. «Mon chou, non... Ne bouge pas.

— Mais il n'y a aucune raison pour que je sois ainsi ! »

Il y avait de la colère dans sa voix. Depuis le temps qu'il la connaissait, il savait combien la maladie l'exaspérait. Elle semblait la considérer comme un affront personnel.

«Allez, viens, dit-il en se levant. Je vais t'aider à te recoucher.

— Non. Je veux rester ici avec toi. Je me recoucherai quand Kathy sera partie pour l'école.

— Bon. Désires-tu manger quelque chose ?

— Non.

— Un peu de café ? »

Elle fit non de la tête.

«Si tu ne t'alimentes pas, tu vas finir par tomber vraiment malade.

— Je n'ai pas faim, c'est tout.»

Quand il eut fini son verre, il se dirigea vers la cuisinière, cassa deux œufs sur le bord du poêlon et les vida sur un fond de graisse fondue. Ensuite, il sortit le pain du tiroir et alla le poser sur la table.

«Je vais te faire griller des toasts, dit Virginia. Surveille tes… Oh! quelle barbe

— Quoi donc?»

Elle agita mollement la main devant son visage.

«Un moustique», dit-elle en grimaçant.

Il s'approcha et parvint à écraser la bestiole entre ses deux mains.

«Des moustiques, des mouches et des puces, soupira Virginia.

— Nous entrons dans l'ère de l'insecte.

— Ce n'est pas sain. Ils transportent des maladies. Il faudra installer une moustiquaire au lit de Kathy.

— Je sais, je sais…» Il retourna vers la cuisinière et inclina le poêlon de sorte que la graisse brûlante se répandît sur le blanc des œufs. «C'était mon intention.

— On dirait que l'insecticide ne leur fait rien.

— Ah?

— Non.

— Pourtant, c'est censé être un des meilleurs sur le marché.»

Il fit glisser les œufs sur une assiette.

«Tu es sûre de ne pas vouloir de café?

— Non, merci.»

Il s'assit et elle lui tendit un toast beurré.

«J'espère qu'on n'est pas en train d'engraisser une race de superbestioles, dit-il. Tu te rappelles cette espèce de sauterelles géantes qu'on a découverte dans le Colorado?

— Oui.

— Peut-être que les insectes sont en train de… Comment dit-on, déjà? De muter.

— De quoi?

— Oh! ça veut dire qu'ils… changent. Soudainement. Qu'ils franchissent d'un coup des dizaines d'étapes sur l'arbre de l'évolution, en empruntant peut-être des branches qu'ils auraient délaissées sans…»

Un silence.

«Sans les bombardements? questionna Virginia.

— C'est possible.

— Ils sont bien responsables des tempêtes de sable… Il est probable qu'ils ont encore d'autres effets.»

Elle poussa un soupir las.

«À part ça, il paraît qu'on a gagné la guerre…

— Personne ne l'a gagnée.

— Si : les moustiques.»

Il eut l'ombre d'un sourire.

«Tu as raison.»

Ils restèrent un moment sans rien dire. On n'entendait que le tintement de la fourchette de Neville sur l'assiette et celui de sa tasse sur la soucoupe.

«Tu as été voir Kathy cette nuit? demanda tout à coup Virginia.

— J'en reviens juste. Tout avait l'air normal.

— Bien. »

Elle lui lança un regard scrutateur.

« Bob, j'ai réfléchi. On ferait peut-être bien de l'envoyer chez ta mère, dans l'Est, en attendant que j'aille mieux. Si c'était contagieux...

— C'est une idée, dit-il d'un ton dubitatif. D'un autre côté, si ce mal est contagieux, elle ne serait pas plus en sécurité chez ma mère.

— Tu n'es pas de mon avis ? » Elle avait l'air préoccupé.

« Je n'en sais rien, chérie. Il me semble qu'elle est aussi bien ici. Si la situation s'aggrave dans le quartier, on cessera de l'envoyer à l'école. »

Virginia sembla sur le point d'ajouter quelque chose, mais elle se ravisa.

« Comme tu voudras », dit-elle.

Il jeta un coup d'œil à sa montre.

« Il faut que je me dépêche », dit-il.

Il avala en hâte le reste de son petit déjeuner. Tandis qu'il vidait sa tasse, elle lui demanda s'il avait acheté le journal la veille.

« Il est dans le séjour, indiqua-t-il.

— Rien de neuf ?

— Non, toujours les mêmes salades. Tout le pays est plus ou moins touché. On n'est pas encore en mesure d'identifier le germe. »

Elle se mordit la lèvre. « Personne ne sait de quoi il retourne ?

— J'en doute. Si on avait trouvé quelque chose, ça se saurait.

— Mais on doit bien avoir une petite idée ?

— Tout le monde a sa petite idée, mais il n'y en a aucune qui tienne la route.

« — Qu'est-ce qu'on raconte ? »

Il haussa les épaules. « Tout et n'importe quoi. Certains évoquent la guerre bactériologique…

— Tu y crois ?

— À quoi, à la guerre bactériologique ?

— Oui.

— La guerre est finie, remarqua-t-il.

— Bob, déclara-t-elle subitement, crois-tu qu'il soit prudent que tu ailles travailler ? »

Il eut un sourire où se lisait son impuissance. « Je n'ai pas le choix, dit-il. Il faut bien qu'on mange.

— Je sais, mais… »

Il lui prit la main à travers la table et nota qu'elle était glacée.

« Tout ira bien, mon amour, dit-il.

— Et crois-tu que je doive envoyer Kathy à l'école ?

— Absolument. Tant que les autorités sanitaires n'auront pas décrété la fermeture des classes, je ne vois aucune raison de la garder enfermée. Elle n'est pas malade.

— Mais tous ces enfants…

— En tout cas, c'est mon avis. »

Elle poussa un vague soupir. « Bon, si tu le dis…

— As-tu besoin de quelque chose, avant que je m'en aille ? »

Elle fit non de la tête.

« Fais-moi plaisir, reprit-il. Reste à la maison aujourd'hui, et au lit.

— D'accord, acquiesça-t-elle. Je me recoucherai dès que Kathy sera partie. »

Il lui tapota la main. Au même moment, un klaxon retentit dans la rue. Neville acheva son café et alla se rincer la bouche à la salle de bains. Puis il sortit sa veste de la penderie du couloir et l'enfila.

« Au revoir, mon chou, dit-il en embrassant sa femme sur la joue. Surtout, n'en fais pas trop.

— Au revoir. Sois prudent… »

Il traversa la pelouse. La poussière qui flottait encore dans l'air lui agaçait les dents et lui provoquait une sorte de chatouillement dans les narines.

« Salut », dit-il en montant dans la voiture et en tirant la portière derrière lui.

« Salut », répondit Ben Cortman.

Chapitre 7

… Produit de distillation de l'*Allium sativum* (famille des liliacées comprenant l'ail, le poireau, l'oignon, l'échalote et la ciboulette), de couleur pâle et à l'odeur pénétrante, contenant plusieurs sulfures d'allyle. Composition : 64,6 % d'eau, 6,8 % de protéines, 0,1 % de graisse, 26,3 % d'hydrates de carbone, 0,8 % de fibres, 1,4 % de cendre végétale.

Et voilà… Neville fit sauter une gousse d'ail rose et parcheminée dans sa main droite. Pendant sept mois, il en avait fait d'odorants chapelets qu'il suspendait autour de la maison sans avoir la moindre idée des raisons pour lesquelles ils repoussaient les vampires. Il était temps d'éclaircir la question.

Il posa la gousse sur le bord de l'évier. Le poireau, l'oignon, l'échalote, la ciboulette… Auraient-ils agi comme l'ail ? Si oui, il aurait été idiot de chercher de l'ail à des kilomètres à la ronde, alors que les oignons poussaient partout !

Il écrasa la gousse en purée et renifla l'odeur âcre sur la lame du presse-ail.

Bon. Et après ? Ses souvenirs ne lui avaient rien livré d'utile, rien que des conversations où il était question de virus et d'insectes porteurs de germes. Or, il avait la certitude que ceux-ci n'étaient pas en cause.

Ce rappel du passé avait également ravivé sa douleur. Chaque mot d'elle qu'il se remémorait le fouaillait telle la lame d'un couteau ; chaque évocation rouvrait de vieilles blessures. Il avait fini par renoncer, les yeux clos, les poings serrés, essayant désespérément de s'en tenir au présent, de ne pas s'abandonner à la nostalgie qui le tourmentait jusque dans sa chair. Mais seule une dose d'alcool suffisante pour endormir toute velléité d'introspection avait pu chasser l'espèce de tristesse débilitante qui découlait du souvenir.

Fais quelque chose, nom de Dieu ! se secoua-t-il.

Il relut le texte qu'il avait sous les yeux. 64,6 % d'eau… Et si c'était ça ? Ridicule : il y a de l'eau partout. Protéines ? Non. Graisse ? Non. Hydrates de carbone ? Non. Fibres ? Non. Cendre ? Non. Quoi, alors ?

L'odeur et la saveur caractéristique de l'ail sont dues à une huile essentielle représentant environ 0,2 % de son poids et se composant principalement de sulfure d'allyle et d'isothiocyanate d'allyle…

Et si c'était là l'explication ? Il poursuivit sa lecture :

Le sulfure d'allyle peut être obtenu en chauffant à 100 degrés de l'huile de moutarde et du sulfure de potassium…

Il se laissa tomber dans un fauteuil tandis qu'un

long soupir de découragement secouait sa grande carcasse. Bordel, où voulez-vous que je trouve de l'huile de moutarde et du sulfure de potassium ? Sans parler du matériel nécessaire à l'opération.

Magnifique, ricana-t-il. Si tu déclares forfait dès le premier obstacle…

Il se leva à contrecœur et s'approcha du bar. Mais alors qu'il se versait un whisky, il reposa brutalement la bouteille. Nom de Dieu ! Il n'allait pas continuer à avancer en aveugle, à mener cette existence absurde et stérile jusqu'à ce que la vieillesse ou un accident vienne y mettre un terme. Il trouverait la réponse, ou bien il plaquerait tout, la vie y comprise.

Il consulta sa montre : dix heures vingt. Il avait encore le temps. Il se dirigea vers l'entrée d'un pas résolu et feuilleta l'annuaire du téléphone. Il finit par trouver ce qu'il cherchait, à Inglewood.

Quand il leva le nez de son établi, quatre heures plus tard, il avait la nuque raide, une seringue pleine de sulfure d'allyle dans la main et le sentiment d'avoir accompli quelque chose, pour la première fois depuis le début de sa solitude forcée.

Vaguement excité, il courut à sa voiture et roula jusqu'à ce qu'il eût dépassé la zone de la ville qu'il avait « nettoyée », marquant chaque habitation visitée d'une croix à la craie. Il se pouvait que d'autres vampires y eussent élu domicile depuis lors, mais l'heure n'était pas à la traque.

Ayant garé sa voiture, il entra dans une maison et se rendit tout droit à la chambre à coucher. Une jeune femme reposait sur le lit, les lèvres maculées de sang séché.

Neville la retourna sur le ventre, souleva sa jupe et planta l'aiguille de sa seringue dans une fesse tendre et rebondie. Puis il la remit sur le dos et s'écarta un peu du lit. Il resta une bonne demi-heure à l'observer.

Rien!

Ça n'a pas de sens, réfléchit-il. Quand j'accroche de l'ail autour de ma maison, cela éloigne les vampires. Or, le principe essentiel de l'ail est contenu dans l'huile que je lui ai injectée. Et pourtant, il ne se passe rien.

Rien de rien, nom de Dieu!

Il jeta la seringue et retourna chez lui, tremblant de rage et de déception. Avant le coucher du soleil, il dressa sur la pelouse un bâti de bois auquel il suspendit des chapelets d'oignons. Il passa la nuit dans un état apathique. Seule la perspective de tout le travail qu'il avait à accomplir le retint de se soûler.

Au matin, il sortit et contempla pensivement les débris de bois qui jonchaient la pelouse.

La croix... Il en serrait une dans sa main, une croix dorée qui étincelait au soleil du matin. Encore une chose qui éloignait les vampires.

Pourquoi? Y avait-il une explication logique à laquelle il pût se raccrocher, sans glisser sur la pente savonneuse de la superstition?

Il n'y avait qu'un moyen de le savoir.

Il tira la femme de son lit, feignant d'ignorer la question qui s'était formée dans son esprit: pourquoi toujours choisir des femmes pour tes expériences? C'était un point qu'il se refusait à examiner. Cette femme était la première à s'être trouvée sur son chemin, voilà tout. Ah oui ? Et l'homme dans le séjour, alors ? Pour l'amour du ciel ! explosa-t-il. Je ne vais pas la violer !

Promis, juré, craché ? Croix de bois, croix de fer… ?

Il commençait à croire qu'un intrus s'était glissé dans ses pensées. En d'autres temps, il aurait nommé cette voix intérieure sa conscience mais à présent, il la considérait d'abord comme un rabat-joie. La morale, après tout, avait sombré en même temps que la société. Désormais, il était son propre juge.

Pratique, comme excuse, non ? Toi, la ferme.

En tout cas, il s'était interdit de passer l'après-midi auprès d'elle. Après l'avoir ligotée sur une chaise, il se retira dans le garage où il bricola la voiture. Elle portait une robe noire déchirée qui dévoilait trop de choses à chaque inspiration. Loin des yeux, loin des pensées. Il avait beau savoir que c'était faux, il se raccrochait à ce mensonge.

Enfin, Dieu merci, la nuit tomba. Il ferma le garage, rentra dans la maison et barricada la porte d'entrée. Puis il se versa un verre et s'installa sur le canapé, face à sa captive.

La croix pendait du plafond, juste devant son visage.

À six heures et demie, elle ouvrit les yeux. Subitement, comme un dormeur investi d'une tâche précise qui passerait du sommeil à l'état de veille sans la moindre transition, sachant exactement ce qui l'attendait.

Dès qu'elle vit la croix, elle détourna les yeux

avec une espèce de râle et son corps se convulsa
sur la chaise.

«Ça te fait peur? Pourquoi?» demanda-t-il,
surpris de réentendre le son de sa voix après si
longtemps.

Le regard de la femme se posa soudain sur lui,
lui arrachant un frisson. Ce feu dans ses prunelles,
cette langue qui léchait ses lèvres pourpres, donnant l'illusion que sa bouche était animée d'une
vie propre, ce corps qui se cambrait comme pour
se rapprocher de lui... Un souffle rauque montait
de sa gorge, pareil au grognement d'un chien
défendant son os.

«La croix, répéta Neville avec une nervosité
croissante. Pourquoi en as-tu peur?»

Elle forçait sur ses liens, griffant les montants
de la chaise. Nul son articulé ne franchissait ses
lèvres, juste un halètement âpre et saccadé. Elle
se tordait sur son siège, le fixant d'un regard
incandescent.

«La croix!» aboya-t-il.

Il se leva d'un bond, renversant son verre qui se
répandit sur le tapis, et tira la croix devant les yeux
de la femme. Elle rejeta la tête en arrière avec un
cri apeuré et se recroquevilla sur la chaise.

«Regarde-la!» hurla-t-il.

Elle exhala une plainte terrifiée; ses yeux —
d'immenses yeux blancs, avec des pupilles pareilles
à des escarbilles — jetaient des regards affolés
autour d'elle.

Il l'empoigna par l'épaule, retira précipitamment la main: elle portait des traces de morsures
et pissait le sang.

Les muscles de son estomac se nouèrent. Son bras se détendit, portant à la femme un coup si violent que sa nuque se brisa net.

Dix minutes plus tard, il balança son cadavre dehors et claqua la porte au nez de ses congénères. Puis il demeura un instant appuyé contre le battant, tout pantelant. Malgré l'isolation, il les entendit se battre comme des chacals autour d'une charogne.

Plus tard, il se rendit à la salle de bains et versa de l'alcool sur les marques de dents, prenant un plaisir intense à la douleur qui le brûlait.

Chapitre 8

Neville se pencha, prit un peu de terre dans sa main et l'effrita entre ses doigts. Il se demanda combien de vampires reposaient dans son sein, comme le voulait la légende.

Très peu, sans doute.

Dans ce cas, sur quoi cette fable reposait-elle ?

Il ferma les yeux et laissa la terre filtrer entre ses doigts. Existait-il une réponse à cette nouvelle question ? Ceux qui dormaient dans la terre étaient-ils déjà revenus d'entre les morts ? Si au moins il s'était rappelé ce détail, il aurait pu en déduire une théorie.

Mais sa mémoire était défaillante. Encore une question sans réponse, à ajouter à celle qui lui était venue la nuit précédente : comment un vampire musulman aurait-il réagi à la vue d'une croix ?

Son rire retentit tel un aboiement dans le silence matinal, le faisant sursauter. Bon Dieu, pensa-t-il, il y a si longtemps que je n'ai pas ri que j'ai oublié ce que c'était. On aurait dit la toux d'un chien malade. C'est bien ce que tu es, non ? Un chien salement malade...

Ce matin-là, vers quatre heures, une mini tempête de poussière avait fait resurgir des souvenirs
enfouis : Virginia, Kathy, tous ces jours terribles...

Attention, danger ! L'évocation du passé l'inci-
tait toujours à boire. Il devait se faire une raison
et accepter le présent tel qu'il était.

Il se demanda une fois de plus pourquoi il s'accrochait ainsi à la vie. Sans doute n'y avait-il pas
de raison précise. Mettons que je sois trop stupide
pour en finir une fois pour toutes, pensa-t-il.

Il frappa dans ses mains d'un air faussement
résolu. Eh bien, quelle est la suite du programme ?
Il regarda autour de lui, comme s'il espérait trouver quelque chose dans Cimarron Street déserte.

Voyons s'il y a du vrai dans cette légende au
sujet de l'eau courante, décida-t-il subitement.

Il enterra un tuyau d'arrosage qu'il fit débou-
cher dans une auge en bois. De là, l'eau se déversait par un orifice dans un second tuyau enfoncé
dans le sol.

Son installation achevée, il rentra dans la maison, prit une douche, se rasa et enleva le panse-
ment qu'il avait à la main. La blessure avait
normalement cicatrisé. Non qu'il se fût inquiété
outre mesure : il avait pu vérifier en maintes occasions qu'il était immunisé contre la maladie.

À dix-huit heures vingt, il alla se poster derrière
le judas. Il fit quelques étirements, grimaçant à
cause de la douleur qui lui nouait les muscles.
Puis, voyant qu'il ne se passait rien, il alla se verser à boire.

Quand il reprit sa faction, il vit Ben Cortman
approcher à travers la pelouse.

«Sors de là, Neville», murmura-t-il juste avant que Cortman ne reprenne son injonction comme en écho.

Il se figea, observant Ben Cortman.

Ce dernier n'avait pas beaucoup changé. Il avait gardé ses cheveux noirs, sa tendance à l'embonpoint, son teint blafard. Seul véritable changement, la barbe qui lui mangeait à présent le visage — plus fournie sous le nez, plus clairsemée sur le menton, les joues et le cou. Autrefois, Ben Cortman était toujours rasé de frais. Il fleurait bon l'eau de Cologne le matin, quand il passait prendre Neville sur le chemin de l'usine.

Cela lui faisait drôle d'être là à espionner Ben Cortman, un Ben Cortman devenu un parfait étranger. Dire qu'il fréquentait cet homme, se rendait au travail avec lui, qu'ils parlaient ensemble de voitures, de base-ball, de politique et plus tard de la maladie, de l'état de santé de Virginia, de Kathy et de Freda Cortman…

Neville secoua la tête. Il ne fallait plus penser à ça. Le passé était aussi mort que Cortman.

Le monde est devenu fou, songea-t-il. Les morts s'y promènent à leur guise et cela ne m'étonne même plus. Il était devenu banal de voir les cadavres sortir de leur tombe. Comme il est facile d'admettre l'invraisemblable, avec un peu d'habitude ! Tout en sirotant son whisky, Neville se demanda qui Ben Cortman lui rappelait. Car il lui rappelait quelqu'un, mais du diable s'il savait qui.

Bah ! Après tout, quelle importance ?

Il posa son verre sur le rebord de la fenêtre, alla

ouvrir le robinet de la cuisine puis retourna à son poste.

Il colla son œil au judas juste pour apercevoir une femme et un autre homme sur la pelouse. Aucun des trois ne parlait aux autres. Ils allaient et venaient sans relâche, se tournant autour tels des loups, sans jamais se regarder. En revanche, ils dévoraient des yeux la maison et la proie qui s'y terrait.

Puis Cortman vit couler l'eau dans l'auge et il s'en approcha. Au bout d'un moment, il releva son visage blafard et sourit. Il se mit alors à faire des bonds au-dessus de l'auge, aller et retour. Neville faillit s'étrangler : il *savait*, le salaud !

La démarche raide, il se transporta jusqu'à la chambre et fourgonna dans le tiroir de la commode à la recherche d'un pistolet.

Cortman donnait des coups de pied dans les flancs de l'auge quand la balle atteignit son épaule gauche.

Il chancela, grogna et s'affala sur le trottoir en battant des jambes. Neville tira à nouveau mais la balle ricocha sur le ciment à quelques centimètres du corps convulsé de Cortman.

Comme ce dernier se relevait en rugissant, une troisième balle le frappa en pleine poitrine.

Neville attendit, respirant la fumée âcre du pistolet. La femme s'immisça alors devant Cortman et souleva brusquement sa robe.

Neville recula et referma d'un coup sec le volet du judas. Il refusait d'en voir davantage. Dès la première seconde, il avait senti se rallumer dans ses reins cette chaleur terrible, pareille à une faim dévorante.

Plus tard, ayant rouvert le judas, il vit Ben Cortman décrire des cercles devant la maison, lui criant de sortir.

À la faveur du clair de lune, il comprit tout à coup qui Cortman lui rappelait. À cette pensée, sa poitrine fut secouée d'un rire contenu. Il se détourna tandis que le tremblement s'étendait à ses épaules.

Oliver Hardy ! Ces vieux films qu'il se passait avec son projecteur... Eh bien, Cortman était presque le sosie du comique, moustache comprise. À peine paraissait-il un peu moins enrobé.

Oliver Hardy tombant à la renverse sous un feu nourri et se relevant quoi qu'il arrivât. Criblé de balles, lardé de coups de couteau, renversé par des autos, assommé par la chute d'une cheminée ou d'un bateau, noyé, aspiré dans des tuyaux et reparaissant à chaque fois, tout juste contusionné. Voilà ce que lui évoquait Ben Cortman : un Oliver Hardy hideux et malfaisant, endurant les pires traitements avec une patience inébranlable.

Bon Dieu, c'était trop drôle !

Ce rire irrépressible était plus qu'un rire, un véritable exutoire. Des larmes coulaient sur ses joues. Le verre vibrait si fort dans sa main que son contenu l'éclaboussait, augmentant encore son hilarité. Puis il tomba sur le tapis avec un bruit mat, le corps agité de spasmes incontrôlables, alors que la pièce retentissait de son rire heurté et hystérique.

Peu après, il éclata en sanglots.

Il enfonçait le pieu dans le ventre, l'épaule ou la gorge d'un seul coup de maillet. Qu'il le plantât dans le bras ou la jambe, le résultat était identique : le sang jaillissait, fluide et vermeil, inondant la chair livide.

Il crut avoir trouvé l'explication : ce qui les tuait, c'était tout simplement l'hémorragie !

Mais un jour, il découvrit cette femme dans la maison blanche et verte : lorsqu'il planta le pieu en elle, la décomposition fut si soudaine qu'il fit un bond en arrière et vomit son déjeuner.

S'étant ressaisi, il examina le couvre-lit et y découvrit ce qui ressemblait à une traînée de sel et de poivre, de la taille approximative de la femme. C'était la première fois qu'il était confronté à un tel phénomène.

Ébranlé, il sortit de la maison en flageolant sur ses jambes et resta près d'une heure dans la voiture, vidant sa flasque jusqu'à la dernière goutte. Mais même l'ivresse ne put dissiper cette vision de cauchemar.

Ç'avait été si rapide... L'écho de son coup de maillet n'était même pas éteint qu'elle s'était proprement dissoute devant ses yeux.

Il se rappela une conversation qu'il avait eue avec un Noir, un jour à l'usine. Le type, un ancien employé des Pompes Funèbres, lui avait parlé de ces mausolées où les morts demeuraient sous vide dans des sortes de vitrines, sans que rien changeât dans leur aspect.

« Mais pour peu qu'on laisse entrer l'air, pffft... Ils tombent en poussière, comme ça, paf!» avait-il expliqué avec un claquement des doigts.

Il en conclut que la femme était morte depuis pas mal de temps. Peut-être était-elle l'un des vampires à l'origine de l'épidémie. Dieu sait depuis combien d'années elle trompait la mort.

Il était trop bouleversé pour rien faire d'autre ce jour-là pas plus que les suivants. Il passa tout ce temps enfermé chez lui à chercher l'oubli dans l'alcool, laissant les cadavres s'empiler sur la pelouse et la maison tomber en décrépitude.

Il resta des jours entiers vautré dans son fauteuil, la bouteille à la main, à songer à la femme. Et il avait beau s'imbiber et tenter de la chasser de son esprit, il repensait sans cesse à Virginia. Il se voyait entrer dans la crypte et soulever le couvercle du cercueil.

Il devait couver quelque chose, pour grelotter ainsi et se sentir aussi mal.

Virginia... Était-ce à cela qu'elle ressemblait?

Chapitre 9

C'était le matin. Une paix ensoleillée, juste troublée par le chant des oiseaux dans les arbres. Nul souffle d'air n'agitait les fleurs écloses autour de la maison, les buissons, les haies aux feuillages sombres. Une chape de canicule et de silence pesait sur Cimarron Street.

Le cœur de Virginia Neville avait cessé de battre.

Assis près d'elle sur le lit, Neville contemplait son visage pâle. Il serrait sa main dans la sienne, la caressant du bout des doigts. Son corps immobile ne formait qu'un bloc de chair et d'os, rigide et insensible. Ses yeux ne cillaient pas, sa bouche n'était qu'un trait et il respirait si doucement que la vie semblait l'avoir quitté en même temps que Virginia.

Quelque chose s'était produit dans sa tête.

À la seconde où il avait senti le pouls s'arrêter, son cerveau avait paru se calcifier, son crâne prenant quant à lui la consistance de la pierre. Sur le point de défaillir, il s'était abattu sur le lit. Maintenant encore, alors que son esprit se débattait dans le fouillis de sa pensée, il ne comprenait pas ce qu'il faisait assis là, ni comment le désespoir ne l'avait pas terrassé. Il n'était même pas prostré. La mécanique du temps s'était grippée, figeant tout autour de lui. La vie et le monde avaient cessé d'être en même temps que Virginia.

Trente minutes s'écoulèrent, puis quarante.

Alors, lentement, comme il aurait pris conscience d'un phénomène objectif, il s'avisa qu'il tremblait. Pas d'un tremblement aigu, localisé à un muscle ou un nerf, mais global. Son corps n'était qu'une masse de nerfs incontrôlable et privée de volonté. Le peu de raison qui lui restait comprit que c'était là sa façon de réagir.

Il resta plus d'une heure dans cette hébétude, à contempler stupidement le visage de Virginia.

Puis cet état cessa, de façon subite. Avec une plainte sourde, il se releva et quitta la pièce.

Il renversa la moitié de son verre sur la paillasse de l'évier en se servant à boire et vida le reste d'un trait. Une traînée de feu se propagea à son estomac, deux fois plus intense en raison de la torpeur quasi polaire qui engourdissait son corps. S'appuyant contre l'évier, il remplit son verre et descendit le whisky brûlant à grandes gorgées convulsives.

C'est un cauchemar, se dit-il pour se rassurer, sans succès. Il lui semblait entendre une voix dans sa tête.

« Virginia… »

Il se tournait en tous sens, fouillant la pièce du regard, comme s'il cherchait une issue pour fuir cette maison de l'horreur. Il pressa ses mains l'une contre l'autre pour les empêcher de trembler, entrelaçant fébrilement ses doigts crispés.

Pourtant, le tremblement de ses mains s'aggrava au point qu'il ne distingua bientôt plus leurs contours. Avec une sorte de hoquet, il les sépara brusquement et les plaqua sur ses cuisses.

« Virginia… »

Il fit un pas en avant et poussa un cri comme la pièce vacillait. La douleur explosa dans son genou droit, irradiant en pointes de feu le long de sa jambe. Il se releva en geignant et se traîna jusqu'au séjour. Là, il demeura figé telle une statue au cœur d'un séisme, ses yeux de marbre rivés à la porte de la chambre.

La même scène repassa une fois de plus dans son esprit.

Le feu immense qui crépitait et grondait, expédiant vers le ciel d'épaisses volutes de fumée fuligineuse. Le petit corps de Kathy dans ses bras. L'homme qui s'approchait, s'emparait d'elle comme d'un ballot de linge sale puis s'enfonçait dans la fumée noire, emportant son enfant. Et lui qui restait là, chancelant sous l'impact de l'effroi, encore et encore.

Brusquement, il s'élançait avec un cri dément.

« Kathy ! »

Des mains le saisissaient, des hommes avec des masques à gaz le tiraient en arrière. Il s'arc-boutait furieusement sur ses pieds, creusant deux tranchées dans le sol tandis qu'on l'emmenait. Son cerveau éclatait, des hurlements terrifiés jaillissaient de sa gorge…

Puis une douleur soudaine engourdit sa

mâchoire ; des lambeaux de nuit occultaient la
lumière du jour. Un filet d'alcool brûlant coulait
dans sa gorge ; il toussait, s'étouffait et revenait à
lui, raide et muet, dans la voiture de Ben Cortman, les yeux fixés sur le gigantesque rideau de
fumée qui s'éloignait d'eux, qui continuait de
s'élever vers le ciel, pareil au sombre spectre du
désespoir humain...

Il ferma les yeux et serra les dents jusqu'à la
douleur.

« Non... »

Il ne livrerait pas Virginia à cet enfer, même si
on devait le tuer pour ça.

D'un pas mécanique, il gagna la porte et sortit.
Traversant la pelouse jaunissante, il se dirigea
alors vers la maison de Ben Cortman. Le soleil
éclatant réduisait ses pupilles à deux minuscules
perles de jais. Ses bras pendaient le long de son
corps, inutiles et pesants.

Le carillon de la porte d'entrée jouait toujours
Chevaliers de la table ronde, une incongruité qui
lui donna illico envie de casser quelque chose.
Il revit Ben en train de l'installer, ravi de cette
bonne blague.

Il demeura piqué devant le seuil, l'esprit en
ébullition. Je m'en fous de la loi, je m'en fous si
les contrevenants sont punis de mort. Je ne leur
livrerai pas Virginia !

Il cogna à la porte.

« Ben ! »

La maison de Ben Cortman était silencieuse.
Nul souffle d'air n'agitait les rideaux blancs des

fenêtres côté rue. À travers celles-ci, il apercevait le canapé rouge, le lampadaire avec son abat-jour frangé, le piano droit sur lequel Freda aimait à tapoter les dimanches après-midi. Au fait, quel jour était-on ? Il l'avait oublié. Il avait perdu toute notion du temps.

Il rejeta les épaules en arrière ; la colère et l'impatience diffusaient un cocktail d'acides dans ses veines.

« Ben ! »

Il recommença à marteler la porte du poing tandis qu'un tic faisait trembler son menton livide. Nom de Dieu, où était-il passé ? Il pressa le bouton de la sonnette qui reprit son sempiternel refrain à boire : goûtons voir, oui, oui, oui ; goûtons voir, non, non, non…

Au comble de l'exaspération, il pesa contre la porte qui s'ouvrit et alla buter contre le mur. Elle n'était même pas fermée !

Il pénétra dans le salon silencieux.

« Ben, appela-t-il. Ben, j'ai besoin de ta voiture. »

Ben et Freda Cortman étaient dans la chambre à coucher, allongés sur leurs deux lits jumeaux dans une sorte de coma diurne. Ils reposaient sur un simple drap, Ben en pyjama et Freda en chemise de nuit soyeuse. Une respiration laborieuse soulevait à peine leur poitrine grassouillette.

Il resta un moment à les considérer. La gorge laiteuse de Freda présentait de minuscules blessures couvertes d'une croûte de sang séché, alors que celle de Ben était intacte. Si seulement je pouvais me réveiller, souffla une voix à l'intérieur de Neville.

Mais non, il ne dormait pas.

Il trouva les clés de la voiture sur la commode et quitta la maison assoupie. Ce fut la dernière fois qu'il vit Ben et Freda vivants.

Le moteur toussa et finit par démarrer. Il le laissa tourner quelques minutes, le temps qu'il chauffe, et inspecta la rue à travers le pare-brise poussiéreux. Une mouche aux ailes floues bourdonnait près de sa tête dans l'habitacle surchauffé qu'il sentait vibrer sous lui.

Au bout d'un moment, il enleva le starter et remonta la rue au volant de la voiture qu'il gara dans l'allée devant son propre garage.

La fraîcheur et le silence régnaient à l'intérieur de la maison. Il s'essuya les pieds sur le paillasson puis s'avança dans le couloir, faisant craquer le plancher sous ses pas.

Il s'immobilisa sur le seuil de la chambre. Virginia était toujours étendue sur le dos, les bras le long du corps, ses doigts blancs légèrement crispés. Elle donnait l'impression de dormir.

Tournant le dos à ce spectacle, il regagna le séjour. Qu'allait-il faire ? Toute décision lui paraissait vaine. Quoi qu'il fît, qu'est-ce que cela changerait ? Son existence serait toujours aussi dénuée de sens.

Debout près de la fenêtre, il contemplait la rue inondée de soleil d'un œil atone.

Dans ce cas, pourquoi avoir pris la voiture ? se demanda-t-il. Il déglutit avec effort. Il n'était pas question qu'il brûle le corps de Virginia. Mais alors, qu'en faire ? Les dépôts mortuaires avaient fermé leurs portes. Les quelques croque-morts encore valides se voyaient interdire d'exercer leur profession. Tous les défunts sans exception devaient être transportés au crématoire sitôt après le décès. C'était le seul moyen qu'ils avaient trouvé pour enrayer la propagation du mal. Seules les flammes pouvaient détruire les bactéries qui en étaient responsables.

Tout cela, il le savait. De même, il connaissait la loi. Mais combien de gens l'observaient ? Combien de maris acceptaient de livrer aux flammes celle qui avait partagé leur vie et leur amour ? Combien de parents laissaient incinérer les enfants qu'ils avaient chéris, combien d'enfants consentaient à jeter leurs parents bien-aimés dans une fournaise profonde d'une centaine de pieds ?

Plus rien ne comptait à ses yeux, hormis la promesse qu'il s'était faite de ne pas laisser Virginia disparaître dans les flammes.

Il s'écoula une heure avant qu'il parvienne à une décision.

Il alla alors chercher une aiguille et du fil.

Il cousit la couverture bord à bord, ne laissant que le visage de Virginia à l'air libre. Puis, l'estomac noué, les doigts tremblants, il acheva son ouvrage, recouvrant sa bouche, son nez, ses yeux.

Cela fait, il retourna à la cuisine et but un autre whisky, sans en ressentir les effets.

Il regagna la chambre d'un pas mal assuré et resta un moment figé à la tête du lit, la respiration sifflante. Enfin, il se pencha et glissa ses bras sous la forme inerte.

« Viens, mon amour », murmura-t-il.

À ces mots, on eût dit qu'une vanne s'ouvrait en lui. Son tremblement le reprit et des larmes coulèrent sur ses joues tandis qu'il traversait le séjour et sortait avec elle dans les bras.

L'ayant déposée sur la banquette arrière, il monta à son tour dans la voiture. Puis il prit une profonde inspiration et tendit la main vers le démarreur.

Au dernier moment, il descendit de voiture et alla chercher sa pelle dans le garage.

Comme il en ressortait, il tressaillit en voyant venir le voisin d'en face. Il jeta la pelle à l'arrière de la voiture et s'installa au volant.

« Attendez ! »

L'homme avait la voix éraillée. Il essaya de courir, mais il n'en avait pas la force.

Neville le laissa approcher sans rien dire.

« Pourriez-vous... m'emmener... avec ma mère ? demanda l'homme sèchement.

— Je... je... je... » Neville avait le cerveau comme engourdi. Ses yeux se remplirent de larmes, mais il se ressaisit.

« Je ne vais pas... là-bas », parvint-il à articuler.

L'homme le regardait sans comprendre.

« Mais votre...

— Je vous dis que je ne vais pas au crématoire ! » lâcha Neville en pressant le démarreur.

« Mais votre femme, insista l'autre. Elle est... »

Neville enclencha la marche arrière.

« Je vous en prie, le supplia l'homme.

— Puisque je vous dis que je n'y vais pas ! cria Neville en détournant les yeux.

« — Mais c'est la loi ! » glapit l'autre, subitement furieux.

La voiture recula vivement jusqu'à la rue, braqua et fila en direction de Compton Boulevard, plantant le voisin sur le trottoir. Espèce d'imbécile ! enragea Neville. Tu croyais peut-être que j'allais balancer ma femme dans les flammes ?

Les rues étaient désertes. Il tourna à gauche sur le boulevard. Tout en conduisant, il jetait des coups d'œil au vaste terrain vague qui s'étendait sur sa droite. Inutile de chercher un cimetière : ils étaient tous fermés et surveillés. Des hommes avaient été abattus alors qu'ils tentaient d'ensevelir des êtres chers.

Au carrefour suivant, il tourna à droite puis de nouveau à droite dans une rue tranquille qui aboutissait au terrain vague. À mi-rue, il coupa le moteur afin qu'on ne l'entende pas et poursuivit en roue libre.

Nul ne le vit descendre Virginia de la voiture ni s'enfoncer avec elle dans le fouillis des hautes herbes. Nul ne le vit la déposer dans une clairière et s'agenouiller près d'elle.

Il creusa lentement, plantant bien sa pelle dans le sol meuble. Le soleil de plomb transformait la petite clairière en étuve. La sueur ruisselait le long de ses joues et de son front tandis qu'il creusait, et tout tournait autour de lui. L'odeur âcre de la terre remuée le prenait à la gorge.

Enfin, le trou fut assez profond. Il posa alors la pelle et tomba à genoux, tremblant et inondé de sueur. Le moment tant redouté était arrivé.

D'un autre côté, il ne pouvait s'attarder. Si on

le surprenait, on s'emparerait de lui. Il n'avait pas peur d'être tué, mais Virginia serait alors livrée aux flammes. Il serra les lèvres. Non, pas ça !

Doucement, avec mille précautions, il la déposa dans la tombe en veillant à ce que sa tête ne heurte pas le fond.

Il se releva et contempla son corps immobile sous la couverture, pour la toute dernière fois. Plus jamais il n'entendrait sa voix ni ne goûterait sa tendresse. Ces onze années de bonheur allaient s'achever là, au bord de cette fosse. Il recommença à trembler. Non, se reprit-il. Ce n'est pas le moment.

Peine perdue. Le ciel et la clairière miroitaient à travers le filtre déformant des larmes tandis qu'il remettait la terre chaude en place, la tassant autour du corps immobile de ses doigts sans vigueur.

Couché tout habillé sur son lit, il avait les yeux fixés au plafond noir. Il était à moitié ivre et l'obscurité grouillait de lucioles.

Son bras droit balaya la table de chevet, renversant la bouteille. Il tenta de la rattraper, mais trop tard. Il se relaxa alors et resta étendu dans le silence de la nuit, à écouter le glouglou du whisky se répandant sur le sol.

Ses cheveux en broussaille bruissèrent sur l'oreiller quand il tourna la tête vers le réveil. Deux heures du matin. Deux jours depuis qu'il avait enterré Virginia. Deux yeux interrogeant le réveil, deux oreilles recueillant son ronron électrique, deux lèvres pressées l'une contre l'autre, deux mains sur le lit…

Il ne pouvait se défaire de l'impression que l'univers avait sombré dans la dualité, victime de la tyrannie du système binaire. Deux décès, deux lits dans la chambre, deux fenêtres, deux bureaux, deux tapis, deux cœurs qui...

Sa poitrine se gonfla, retint l'air de la nuit durant quelques secondes puis se creusa brutalement. Deux jours, deux mains, deux yeux, deux jambes, deux pieds...

Il s'assit au bord du lit, posant les pieds en plein dans la flaque. Il sentit le whisky imbiber ses chaussettes. Une brise fraîche faisait vibrer les stores.

Son regard plongea au cœur de la nuit. Qu'est-ce qu'il te reste ? se demanda-t-il. N'importe comment, qu'est-ce qu'il reste ?

Il se leva péniblement, se traîna à la salle de bains en laissant des empreintes humides derrière lui. Là, il s'aspergea le visage d'eau froide et chercha une serviette à tâtons.

Qu'est-ce qu'il reste ? Qu'est-ce...

Soudain, il se figea dans le noir.

Quelqu'un actionnait la poignée de la porte d'entrée.

Un frisson lui parcourut la nuque, accompagné de picotements. C'est Ben, lui souffla la raison. Il vient récupérer les clés de la voiture...

La serviette lui glissa des mains et tomba sur les carreaux.

Un coup fut frappé à la porte, si léger qu'on l'eût dit accidentel.

Neville traversa lentement le séjour, le cœur battant la chamade.

Un second coup ébranla faiblement la porte, le faisant tressaillir. Qu'est-ce qui lui prend? songea-t-il. La clé n'est pas tournée. Un souffle d'air frais venant de la fenêtre passa sur son visage. L'obscurité l'attirait vers la porte tel un aimant.

«Qui...» murmura-t-il, incapable d'achever.

Sentant bouger la poignée, il en éloigna vivement la main. Il recula jusqu'au mur, la respiration haletante, les yeux exorbités.

Rien ne se produisit. Il se raidit dans l'attente.

Tout à coup, il cessa de respirer. Derrière la porte, quelqu'un murmurait des paroles inaudibles. Ayant repris ses esprits, il se jeta en avant et tira le battant d'un coup sec, laissant pénétrer le clair de lune.

Il n'eut même pas la force de crier. Il resta cloué sur le seuil, contemplant Virginia d'un air stupide.

«Rob.. ert», balbutia-t-elle.

Chapitre 10

La Section Scientifique se trouvait au premier étage. Les pas de Robert Neville rendaient un son caverneux dans l'escalier de marbre de la bibliothèque municipale de Los Angeles. On était le 7 avril 1976.

Après des jours passés à boire, ruminer son dégoût et s'égarer dans des recherches sans queue ni tête, il avait fini par admettre qu'il perdait son temps. Il était évident que des expériences isolées ne le mèneraient à rien. Si, comme il s'efforçait de le croire, le problème avait une explication rationnelle, seules des recherches méthodiques lui en livreraient la clé.

Faute d'une meilleure hypothèse, il avait axé les siennes sur le sang — du moins était-ce là un point de départ. Par conséquent, l'étape numéro un consisterait à se documenter sur ce sujet.

Le silence était total, hormis l'écho de ses pas le long du couloir du premier. À l'extérieur, il arrivait que des oiseaux chantent. Même sans cela, pour inexplicable que cela paraisse, le silence n'était jamais aussi mortel à l'air libre qu'entre quatre murs, en particulier ceux de cet énorme bâtiment de pierre grise abritant la littérature d'une civilisation éteinte. Mais peut-être était-ce juste le fait d'être enfermé ; une impression purement psychologique. Pas de quoi se réjouir, cependant : il n'existait plus de psychiatre auquel il pût confier ses névroses et ses hallucinations auditives. Le dernier homme sur Terre se trouvait irrémédiablement voué à supporter seul ses fantasmes.

La Section Scientifique était haute de plafond, avec de grandes baies vitrées. En face de l'entrée se trouvait le comptoir où l'on faisait enregistrer les livres, du temps où cette pratique avait encore cours.

Neville s'immobilisa et explora la salle du regard. Tous ces livres, songea-t-il en secouant la tête. Ces résidus de l'intellect planétaire, raclures de cerveaux frivoles, pot-pourri d'artefacts incapables de sauver l'homme de l'anéantissement...

Ses pas claquaient sur les carreaux sombres quand il s'approcha des rayons de gauche, survolant les étiquettes entre les différentes sections. Astronomie... Non, le ciel ne l'intéressait pas. L'attrait de l'homme pour les étoiles s'était éteint en même temps que ses autres désirs. Physique, Chimie, Mécanique... Il continua d'avancer et finit par atteindre la salle de lecture de la section.

Il s'arrêta à nouveau et leva les yeux vers le plafond. Outre deux rangées de lampes mortes, celui-ci était divisé en caissons décorés dans le style des mosaïques indiennes. Le soleil matinal pénétrait par les fenêtres sales et des grains de poussière voltigeaient sur les rayons.

Les longues tables de bois et leurs chaises étaient bien en ordre. Quelqu'un avait pris le soin de les ranger le jour où la bibliothèque avait fermé. Il imagina quelque bibliothécaire entre deux âges, parcourant la salle en repoussant chaque chaise contre une table, avec la précision maniaque qui devait la caractériser.

Il s'attarda sur l'évocation de cette visionnaire, morte sans avoir connu le réconfort et la joie intense de l'étreinte d'un être aimé; sombrant dans un coma hideux, puis dans la mort, pour revenir errer sans fin et sans but. Tout cela sans avoir jamais aimé ni été aimée.

N'était-ce pas plus terrible encore que de devenir un vampire?

Assez larmoyé, se sermonna-t-il. Tu n'as pas de temps à perdre en rêvasseries.

Négligeant les rangées de livres, il parvint bientôt à la section Médecine. C'était là ce qu'il cherchait. Il passa en revue les titres des ouvrages traitant d'hygiène, d'anatomie, de physiologie (générale et pathologique), de thérapeutique, de bactériologie...

Il en prit cinq de physiologie et plusieurs autres consacrés au sang qu'il posa en pile sur une table poussiéreuse. Était-il utile qu'il se documente sur la bactériologie? Il hésita une minute devant les rayons, laissant errer son regard sur les dos reliés des volumes.

Bah! Pourquoi pas, après tout? Ils ne me mordront pas... Il prit plusieurs livres au hasard et les plaça sur le dessus de la pile qui en comptait maintenant neuf. C'était assez pour un début. De toute façon, il prévoyait de revenir.

En quittant la salle, il leva machinalement les yeux vers la pendule au-dessus de la porte.

Les aiguilles rouges s'étaient arrêtées à quatre heures vingt-sept. Comme il descendait l'escalier, les bras chargés de livres, il se demanda quel jour la pendule avait cessé de fonctionner, et si c'était un matin ou un soir. Quel temps faisait-il ce jour-là ? La scène avait-elle eu des témoins ?

Il haussa les épaules, agacé. Qu'est-ce que cela pouvait faire ? Cette nostalgie envahissante commençait à l'horripiler. C'était une faiblesse dont il devait à tout prix guérir pour aller de l'avant. Pourtant, il se surprenait continuellement à méditer sur tel ou tel aspect du passé. C'était pour ainsi dire plus fort que lui et cela le rendait furieux contre lui-même.

Même de l'intérieur, les serrures des énormes portes de la bibliothèque résistèrent à ses tentatives d'effraction. Comme pour entrer, il dut passer par une fenêtre cassée, laissant d'abord tomber ses livres un à un sur le trottoir avant d'emprunter le même chemin et de regagner sa voiture.

Juste comme il démarrait le moteur, il s'avisa qu'il était garé le long d'un trottoir interdit au stationnement, et qui plus est à contresens. Il parcourut la rue du regard, appelant : « Ohé ! Monsieur l'agent ! »

Il rit pendant un bon kilomètre sans pouvoir s'arrêter, en se demandant ce qu'il y avait de si drôle...

Il posa le livre après avoir relu le chapitre consacré au système lymphatique. Il se rappelait vaguement en avoir pris connaissance des mois plus tôt, durant ce qu'il appelait sa «période frénétique». Mais faute d'une application concrète, ce qu'il avait lu à l'époque ne lui avait pas fait grande impression.

À présent, tout cela prenait un sens nouveau.

Les minces parois des vaisseaux capillaires permettent au plasma sanguin de pénétrer dans les interstices des tissus. Il finit par regagner le système sanguin proprement dit *via* les vaisseaux lymphatiques, charrié par un liquide appelé la lymphe.

Au cours de ce reflux, la lymphe traverse des ganglions qui éliminent les particules solides des matières organiques, les empêchant ainsi de s'introduire dans le sang.

C'est ça !

Deux facteurs stimulent le système lymphatique :

1) la respiration. En comprimant les viscères dans l'abdomen, le diaphragme provoque une remontée de sang et de lymphe.

2) l'exercice physique. La pression exercée par les muscles sur les vaisseaux lymphatiques active la circulation de la lymphe. Un système de valves empêche son reflux.

Or, les vampires ne respiraient pas — du moins ceux qui étaient morts. Cela voulait dire que leur activité lymphatique était réduite de moitié, avec pour conséquence une accumulation des déchets dans l'organisme.

Robert Neville évoqua à ce propos leur odeur infecte.

Il poursuivit sa lecture :

« ... Les bactéries passent dans le système sanguin... »

« ... Les globules blancs jouent un rôle capital dans la défense contre les attaques bactériennes... »

« ... Beaucoup de germes succombent rapidement à une exposition aux rayons solaires... »

« ... Nombre de maladies imputables à des bactéries peuvent être transmises à l'homme par des insectes : mouches, moustiques... »

« ... En cas d'agression bactérienne, les "fabriques" de phagocytes injectent des cellules supplémentaires dans le système sanguin... »

Le livre tomba sur ses genoux, puis glissa sur le tapis.

Son combat apparaissait de plus en plus désespéré : toutes ses lectures indiquaient une relation entre les bactéries et les maladies du sang. Lui qui avait toujours professé le plus grand mépris pour ceux qui, jusqu'à leur dernier souffle, avaient défendu la théorie des germes et ironisé au sujet des vampires !

Il se leva, se versa un whisky mais demeura debout près du bar sans y toucher. Il se mit à marteler le comptoir avec le poing, sur un tempo lent, en considérant le mur d'un air sombre.

Des germes...

Il fit la grimace. Pour l'amour du ciel ! pensa-t-il, exaspéré. Pourquoi ce mot te répugne-t-il autant ? Tu crains qu'il te morde ?

Il prit une profonde inspiration. Bien ! Dis-moi pourquoi ça ne pourrait pas être des germes ?

Il tourna le dos au bar, comme pour se débarrasser de la question. Mais une question n'a pas de point d'ancrage ; elle vous suit où que vous alliez.

Assis dans la cuisine, il contemplait à présent une tasse de café fumant. Germes, bactéries, virus, vampires… Pourquoi suis-je tellement opposé à cette version ? se demanda-t-il. Par pur entêtement, ou parce qu'elle m'imposerait une tâche au-dessus de mes forces ?

Il n'aurait su le dire. Mais ne pouvait-on envisager une troisième voie, celle du compromis ? Les deux thèses n'étaient pas forcément incompatibles.

Les bactéries pouvaient expliquer le phénomène du vampirisme.

Mais déjà, il se sentait dépassé par les implications de cette théorie. Il se comparait au petit Hollandais qui colmatait la digue avec son doigt, essayant d'arrêter le flot de la raison. Jusque-là, il avait fermement campé sur ses préjugés. Dès l'instant où il avait ôté son doigt, un océan d'interrogations avait commencé à déferler.

L'épidémie s'était répandue à une telle vitesse… Aurait-elle été aussi rapide avec les vampires pour seuls vecteurs ? Leurs maraudages nocturnes auraient-ils suffi à provoquer de tels ravages ?

L'évidence s'abattit sur lui telle la foudre : la thèse de la contagion bactérienne était la seule qui pût expliquer cette rapidité et la progression géométrique du nombre des victimes.

Il repoussa la tasse, brassant une dizaine d'idées différentes.

Les mouches et les moustiques avaient certainement joué un rôle, en disséminant la maladie à travers le monde.

Les bactéries éclairaient nombre d'autres points, entre autres le fait que les vampires dussent s'enfermer pendant la journée : en les plongeant dans une sorte de coma, le germe se protégeait de l'action du soleil.

Une idée nouvelle surgit dans son esprit : et si c'était les bactéries qui faisaient la force des vrais vampires ?

Un frisson lui parcourut l'échine. Se pouvait-il que le germe qui tuait les vivants fût une source d'énergie pour les morts ?

Il devait en avoir le cœur net ! Il se leva d'un bond et fut sur le point de se ruer dehors. Mais au dernier moment, il s'écarta vivement de la porte avec un rire nerveux. Bon Dieu, pensa-t-il. Tu perds la tête ou quoi ? Il fait déjà nuit !

Il se mit à faire les cent pas dans le séjour.

Et le pieu, alors ? Quel rapport avait-il avec l'action des bactéries ? Fais un effort ! s'impatienta-t-il. Mais il ne voyait d'autre explication que l'hémorragie, et celle-ci n'éclairait en rien le cas de la femme qui s'était désintégrée sous ses yeux. En tout cas, cela n'avait rien à voir avec le cœur...

Il éludait la question, redoutant de voir sa nouvelle théorie s'écrouler au premier assaut.

Et la croix ? Non, les bactéries n'apportaient aucune explication à la croix, pas plus qu'à l'eau, à l'ail et aux miroirs...

Il se mit à trembler de tous ses membres. Il aurait voulu hurler pour empêcher ses pensées de se disperser tels des chevaux sauvages. Il fallait qu'il trouve! Nom de Dieu, enragea-t-il. Je ne vais pas lâcher comme ça!

Il s'obligea à s'asseoir et fit le vide dans son esprit pour y ramener le calme. Seigneur, qu'est-ce qui t'arrive? se demanda-t-il. Tu as enfin trouvé une clé et sous prétexte qu'elle n'ouvre pas immédiatement toutes les portes, tu paniques! C'est peut-être le signe que tu deviens fou...

Du coup, il vida son verre d'un trait — c'était maintenant qu'il en avait besoin — puis il leva une main devant ses yeux et attendit qu'elle ait cessé de trembler. Hardi, petit gars! essaya-t-il de plaisanter. Le Père Noël est en route, avec sa hotte pleine de réponses. Bientôt, tu cesseras d'être un Robinson Crusoé, prisonnier d'un îlot de nuit cerné par un océan de mort.

Cette image le fit pouffer et il se détendit. C'est bien tourné, apprécia-t-il. Sacrément original, avec ça. Le dernier homme sur Terre est un grand poète.

Maintenant, au lit, décida-t-il. Ne commence pas à t'éparpiller. Ton fragile équilibre affectif n'y résisterait pas.

D'abord, trouver un microscope. C'est la première chose à faire, se répéta-t-il alors qu'il se dévêtait, feignant d'ignorer le doute qui lui nouait l'estomac et l'envie poignante de foncer tête baissée dans ses recherches.

Couché dans l'obscurité, il se faisait l'effet d'un malade, forcé de progresser pas à pas. Mais il ne pouvait en être autrement. Allons, vieille carcasse! Mets donc un pied devant l'autre, puis l'autre, puis l'autre encore...

Il sourit dans le noir, heureux de pouvoir se consacrer à une tâche précise.

Tout juste s'autorisa-t-il une question avant de s'endormir : les morsures, les insectes, la transmission de personne à personne... Cela suffisait-il à expliquer l'effroyable rapidité avec laquelle l'épidémie s'était propagée ?

Cette interrogation le hantait toujours quand il finit par sombrer dans le sommeil. Vers les trois heures, il fut réveillé par une nouvelle tempête de poussière qui secouait la maison. Et soudain, comme dans un éclair, le lien lui apparut...

Chapitre 11

Le premier qu'il trouva ne valait rien.

Il était si bancal que la plus infime vibration suffisait à le dérégler ; ses pièces mobiles avaient trop de jeu, de même que les pivots du miroir. De plus, il était impossible d'y adapter un condensateur et un polariseur. Et comme il n'avait qu'un objectif, il fallait changer de lentille — lesquelles étaient d'ailleurs en piteux état — en fonction du grossissement désiré.

Ne connaissant rien aux microscopes, Neville avait pris le premier qui s'était présenté. Trois jours après, il le balançait contre le mur en étouffant un juron et le piétinait jusqu'à le mettre en pièces.

Une fois calmé, il était retourné à la bibliothèque et s'était procuré un livre sur le sujet.

Lors de son expédition suivante, il n'était rentré chez lui qu'après avoir trouvé un instrument convenable, avec triple objectif, condensateur, polariseur, assiette solide, mouvement aisé, diaphragme à iris, lentilles *ad hoc*. Cela prouvait qu'il fallait être idiot pour se lancer dans une entreprise sans préparation, se dit-il. Ouais, je sais, je sais, se répondit-il à lui-même, écœuré.

Sur ce, il s'obligea à prendre le temps de se familiariser avec l'instrument.

Il manipula le miroir jusqu'à savoir éclairer un objet en quelques secondes. Il apprit à repérer les lentilles suivant leur puissance, s'entraîna à déposer une goutte d'huile de cèdre sur la lame porte-objet, puis à abaisser l'objectif de sorte que la lentille touchât l'huile, un exercice qui lui coûta pas moins de treize lames.

Au bout de trois jours d'un apprentissage assidu, il savait changer la focale en un tourne-main, régler l'ouverture du diaphragme et le condensateur pour diriger la quantité de lumière voulue sur la lame, et obtenir une vision parfaitement nette des lames toutes prêtes en sa possession.

Il n'aurait jamais cru qu'une puce fût un tel monstre.

Il apprit ensuite à monter ses propres lames. Il ne tarda pas à se rendre compte que ce n'était pas si évident.

Malgré tous ses efforts, il y avait toujours des grains de poussière pour se coller sur la lame Quand il les regardait au microscope, il croyait examiner des blocs de roche.

La difficulté majeure provenait des tempêtes qui survenaient en moyenne tous les quatre jours. Pour finir, il dut construire un abri au-dessus de son établi.

Il apprit également à faire preuve de méthode lors de ses expériences : le temps qu'il passait à

chercher ses affaires permettait à la poussière de
s'accumuler sur les lames. Surmontant ses réticences, il assigna donc une place à chaque chose :
lames et lamelles, pipettes, forceps, boîtes de
Petri, aiguilles, réactifs…

Grande fut sa surprise quand il découvrit que
cette discipline lui était finalement agréable. Sans
doute le sang du vieux Fritz qui se réveille, pensa-
t-il, amusé.

L'étape suivante consista à prélever un échantillon de sang sur une femme.

Ce n'est qu'au bout de plusieurs jours, et après
être passé tout près du découragement, qu'il parvint à en examiner quelques gouttes, proprement
étalées sur une lame.

Avec désinvolture, comme si ça n'avait guère
d'importance, il plaça sa trente-septième lame
sous la lentille, alluma le projecteur, orienta le
miroir, régla le diaphragme et le condensateur.
Chaque seconde qui passait accélérait les batte-
ments de son cœur : le moment était crucial.

Enfin, ça y était. Il retint son souffle…

Ce n'était pas un virus : un virus aurait été invi-
sible. Ce qu'il voyait frétiller délicatement sur la
lame n'était autre qu'un germe.

Les mots s'insinuèrent dans son esprit alors
qu'il l'observait à travers l'oculaire : je te baptise
vampiris…

Un de ses livres lui apprit que la bactérie cylindrique qu'il avait sous les yeux était un bacille, un
petit bâtonnet de protoplasme qui se propulsait
dans le sang au moyen de minuscules filaments ou
flagelles.

Il resta un long moment l'œil collé à l'objectif, incapable de réfléchir ou de poursuivre son investigation.

Une seule pensée l'habitait : la cause du vampirisme était là, sous la lentille du microscope. Des siècles de superstition apeurée s'étaient vus réduits à néant à l'instant où il avait aperçu le bacille.

Ainsi, les scientifiques avaient eu raison d'incriminer les bactéries. Mais c'était à lui, Robert Neville, trente-six ans, unique survivant, qu'il appartenait de boucler l'enquête et de démasquer le coupable : le germe qui vivait dans le sang du vampire.

Soudain, une vague de désespoir s'abattit sur lui. La réponse tant désirée arrivait trop tard... Il tenta de lutter contre l'accablement, en vain. Il ne savait par où commencer, se sentait totalement désemparé. Quel espoir avait-il de sauver ceux qui vivaient encore ? Il ignorait tout des bactéries.

Eh bien, j'apprendrai ! se dit-il avec une espèce de rage. Sur quoi, il se mit au travail.

Dans des conditions défavorables à leur survie, certains bacilles avaient la faculté de se muer en des formations appelées spores.

Il leur suffisait pour cela de condenser le contenu de leurs cellules dans un corpuscule ovale doté d'une forte paroi. Une fois achevé, celui-ci se détachait du bacille et devenait une spore autonome, résistante aux modifications physiques et chimiques du milieu.

Plus tard, quand les conditions leur devenaient favorables, ces spores germaient, acquérant toutes les caractéristiques du bacille dont elles étaient issues.

Robert Neville ferma les yeux, debout contre l'évier dont il serrait fermement le bord. Tu as mis le doigt sur quelque chose, se répéta-t-il. Mais quoi ?

Supposons qu'un vampire ne trouve pas de sang pour se nourrir, hasarda-t-il. Le bacille *vampiris* est alors placé dans des conditions défavorables.

Pour se protéger, le germe recourt à la sporulation. Le vampire sombre dans le coma. Les conditions redevenant favorables, il revient à la vie…

Mais comment le germe saura-t-il qu'il a du sang à sa disposition ? Il tapa du poing sur l'évier puis relut le passage, certain que la réponse s'y cachait.

Lorsque les bactéries ne trouvent pas de nourriture qui leur convienne, leur métabolisme est déséquilibré et elles produisent des bactériophages (des protéines inanimées et autoreproductrices), lesquelles détruisent les bactéries.

Faute de sang, on pouvait imaginer des bacilles se gorgeant d'eau et grossissant jusqu'à éclater et anéantir toutes les cellules.

Maintenant, supposons que le vampire n'entre pas dans le coma mais que son corps, privé de sang, se décompose. Le germe peut néanmoins recourir à la sporulation et…

Bien sûr ! Les tempêtes de sable !

Les spores ainsi libérées sont alors emportées et s'introduisent dans d'autres corps par d'infimes écorchures causées par la poussière. Une fois

logées sous la peau, elles germent et se multi-
plient par fissiparité. Au cours du processus, les
tissus environnants se trouvent détruits et les vaisseaux obturés par des bacilles. Cette destruction,
combinée à l'invasion bacillaire, libère des toxines
dans les tissus encore sains, puis dans le système
sanguin, achevant le cycle.

Le tout sans vampires aux yeux injectés de sang
menaçant de chastes héroïnes endormies, sans
chauves-souris voletant derrière les fenêtres d'un
manoir, sans la moindre intervention surnaturelle !

Les vampires existaient. Simplement, nul n'avait
fait la lumière sur eux jusque-là.

Partant de cette découverte, Neville reconsi-
déra les grandes épidémies du passé.

Celle qui avait causé la chute d'Athènes, par
exemple, et qui rappelait à bien des égards celle
de 1975. Les historiens avaient évoqué la peste
bubonique. Robert Neville, pour sa part, y voyait
plutôt la marque des vampires.

Non, pas les vampires : ces spectres errants lui
apparaissaient à présent comme les instruments
du bacille, au même titre que ses innocentes premières victimes. Le coupable, c'était *lui*... Caché
derrière le voile opaque de la légende et de la
superstition, il étendait son emprise tandis que les
hommes courbaient l'échine devant leurs propres
terreurs.

Et que dire de la peste noire, ce fléau qui avait
traversé l'Europe en fauchant les trois quarts de
sa population ?

Vers les dix heures du soir, la tête serrée dans
un étau, la vue brouillée par la fatigue, il se rendit

compte qu'il mourait de faim. Il sortit un morceau
de viande du congélateur et se doucha en vitesse
pendant qu'il cuisait.

Il sursauta au bruit d'une pierre frappant un
volet, puis il sourit. Il avait été si absorbé durant
la journée qu'il en avait oublié la meute qui rôdait
à présent autour de la maison.

En se séchant, il s'avisa tout à coup qu'il ignorait lesquels de ses visiteurs nocturnes étaient proprement vivants et lesquels étaient de simples
marionnettes aux mains du bacille. Il y en avait
forcément des deux sortes, car il avait réussi à en
abattre certains alors que les autres — sans doute
les morts — semblaient invulnérables aux balles.

Cette question en entraînait d'autres : pourquoi
les «vivants» se joignaient-ils aux autres pour le
harceler ? Et pourquoi juste ceux-là, et non tous
ceux de la région ?

Il accompagna son repas d'un verre de vin,
s'étonnant du plaisir qu'il y trouvait. D'ordinaire,
la nourriture lui semblait totalement insipide.
C'était à croire que ses recherches lui avaient
ouvert l'appétit.

Plus étonnant encore, il n'avait pas bu de la
journée, sans en éprouver de manque. C'était la
preuve criante qu'il cherchait d'abord un réconfort dans l'alcool.

Après avoir nettoyé l'os de son entrecôte, il
emporta le reste du vin dans le séjour, alluma
l'électrophone et s'abîma dans son fauteuil avec
un soupir las.

En écoutant Ravel, les *Suites un et deux* de
Daphnis et Chloé, dans le noir quasi complet —

seul un projecteur éclairait la forêt du poster —, il parvint un moment à détacher ses pensées des vampires.

Plus tard, toutefois, il ne put s'empêcher d'aller jeter un dernier coup d'œil dans le microscope.

Petit salopard, pensa-t-il presque avec affection, en observant le minuscule protoplasme qui s'agitait sur la lame de verre. Espèce de petit salopard...

Chapitre 12

Le lendemain fut un jour pourri.

La lampe à ultraviolets tua les germes sur la lame, sans qu'il pût en tirer la moindre indication.

Il mélangea le sulfure d'allyle au sang infecté, sans que les germes en fussent affectés.

Dans son agitation, il se mit à faire les cent pas dans la pièce.

L'ail éloignait les vampires, dont l'état avait une origine sanguine. Pourtant, le principe essentiel de l'ail n'avait pas d'effet sur eux. Il serra les poings, furieux.

Une minute : le sang en question provenait d'un vampire vivant.

Une heure plus tard, il disposait d'un échantillon de sang de l'autre groupe qu'il mélangea à du sulfure d'allyle afin de l'observer au microscope. Toujours rien !

Un flot de bile reflua dans sa gorge.

Et les pieux, alors ? Il ne voyait aucune explication hormis l'hémorragie, et il savait que ce n'était pas cela. La façon dont cette femme s'était décomposée...

Il passa la moitié de l'après-midi à s'efforcer d'atteindre un résultat concret pour finir par tout laisser tomber et se ruer vers le séjour. Là, il s'enfonça dans son fauteuil et se mit à pianoter sur l'accoudoir, les nerfs à vif.

Félicitations, Neville... Plutôt brillant, comme résultat. Il se mordit rageusement la jointure d'un doigt. Il faut être lucide, pensa-t-il lamentablement tu es complètement ramolli. Tu n'es pas fichu de cogiter deux jours de suite sans péter les plombs. Tu es un nul, un zéro, un minable...

D'accord. Maintenant, revenons à notre problème..

Certains faits sont désormais établis, reprit-il à son adresse : le germe existe, il est transmissible, les rayons du soleil lui sont fatals et l'ail produit un effet sur les vampires. Quelques-uns de ceux-ci dorment dans la terre. Dans tous les cas, on peut les tuer à l'aide d'un pieu. Ils ne se transforment ni en loup ni en chauve-souris, mais certains animaux peuvent contracter le mal et devenir vampires.

Bon !

Il entreprit de dresser une liste. En tête de l'une des colonnes, il écrivit : Bacille. En haut de l'autre, il dessina un point d'interrogation. Puis il commença à écrire.

La croix : il était impossible qu'elle ait un rapport avec le bacille. L'effet en était purement psychologique.

La terre : pouvait-elle influer sur le germe ? Non : comment aurait-elle pénétré dans le système sanguin ? En outre, rares étaient les vampires à dormir dedans.

Avec un serrement de cœur, il nota le second terme dans la colonne de droite, sous le point d'interrogation.

L'eau : se pouvait-il qu'en pénétrant dans les pores... Non, c'était idiot. Si l'eau leur avait été néfaste, les vampires auraient évité de s'exposer à la pluie comme ils le faisaient. D'une main qui tremblait un peu, il porta une mention de plus dans la colonne de droite.

Le soleil : enfin quelque chose à inscrire dans la colonne de gauche, même s'il n'y avait pas lieu de s'en réjouir.

Le pieu : non. De nouveau, son cœur se serra. Un peu de rigueur ! s'ordonna-t-il.

Le miroir : Dieu du ciel, comment un miroir aurait-il agi sur un bacille ? Il griffonna en hâte dans la colonne de droite des mots à peine lisibles. Sa main tremblait encore plus.

L'ail : il se mordit les lèvres. Il fallait qu'il ajoute au moins une chose à la colonne de gauche ; c'était presque un point d'honneur ! Il se creusa la cervelle. L'ail, bon sang, l'ail... Il affectait forcément le germe. Mais comment ?

À l'instant où il se résignait à inscrire l'ail dans la colonne de droite, une vague de colère monta du plus profond de son être, telle de la lave crachée par un volcan.

Et merde !

Il froissa la feuille de papier et la jeta. Puis il se leva et regarda autour de lui, en proie à une vive agitation. Il fallait qu'il casse quelque chose, n'importe quoi. Tu croyais en avoir fini avec ta période frénétique, pas vrai? hurla-t-il en se précipitant vers le bar afin de le renverser.

Il se ressaisit juste à temps. Non, ne commence pas, supplia-t-il. Il passa une main tremblante dans ses cheveux blonds et raides. Il respirait par à-coups, frémissant de l'effort qu'il faisait pour réprimer sa violence.

Le glouglou du whisky dans son verre augmenta sa fureur. Il retourna la bouteille de sorte que le whisky coulât à flots, éclaboussant les flancs du verre et le plateau en acajou du bar.

Il vida son verre d'un trait, la tête renversée en arrière, laissant le whisky dégouliner des coins de sa bouche.

Je suis un animal! exulta-t-il. Une brute stupide, bornée, et je vais me soûler la gueule!

Il vida à nouveau son verre et le lança à travers la pièce. Il rebondit sur la bibliothèque avant de rouler sur le tapis, intact. Tu vas te casser, oui? gronda-t-il, puis il sauta sur le verre et le brisa à coups de talons.

Il retourna alors vers le bar en chancelant, remplit un autre verre qu'il but cul sec. Dommage que je n'aie pas une cuve pleine de whisky, regretta-t-il. J'y brancherais un tuyau puis je m'allongerais dessous, la gueule grande ouverte, jusqu'à ce qu'il m'en coule par les oreilles! Ouais, ce que je voudrais, c'est baigner dans le whisky!

Il balança le verre. Trop lent, bordel! Trop lent! Il se mit à boire au goulot, à grandes lampées, plein de haine contre lui-même, subissant comme une punition la brûlure de l'alcool le long de sa gorge.

Je veux boire à m'en étouffer ! fulmina-t-il. Me noyer dans le whisky, comme Clarence dans la malvoisie ! Je veux crever, crever, crever !

Il lança la bouteille vide qui se fracassa contre le poster au mur. Le whisky ruissela sur les troncs des arbres, jusque sur le sol. En titubant, il alla ramasser un tesson avec lequel il taillada le paysage, en arrachant des lambeaux. Là ! fit-il dans un souffle. Tu as ton compte, maintenant !

Il jeta vivement le tesson de verre, regarda ses doigts engourdis par une douleur sourde : il s'était profondément coupé.

Bien ! se réjouit-il méchamment. Il pressa les bords de la plaie jusqu'à ce que le sang jaillisse et pleuve à grosses gouttes sur le tapis. C'est ça, connard. Vide-toi de ton sang, espèce de nul !

Une heure plus tard, il gisait ivre mort par terre, un vague sourire aux lèvres.

La terre est devenue un enfer. Les germes, la science ? De la foutaise, oui ! Chassez le surnaturel, il revient au galop... Bienvenue dans le monde de Marie Suaire et Modes & Caveaux ; Cinq couronnes à la une et La Famille Dura-tombe... Et n'oubliez pas de mettre un ogre dans votre moteur !

Il resta deux jours sans dessoûler. Son projet était d'entretenir son état jusqu'à la fin des temps ou l'épuisement des réserves mondiales de whisky.

Et il l'aurait mis à exécution, sans un miracle.

Celui-ci survint le matin du troisième jour, alors qu'il se traînait sur le seuil de la maison pour vérifier que le monde était toujours là

Il y avait un chien sur la pelouse.

Quand la porte s'ouvrit, il cessa de renifler l'herbe, releva brusquement la tête et fit un bond de côté en raidissant ses pattes décharnées.

Pétrifié de stupeur, Robert Neville le vit détaler en boitillant, sa queue maigre glissée entre ses jambes.

Un animal vivant! En plein jour! Avec un cri étranglé, il voulut s'élancer et faillit s'étaler dans l'herbe. En fouettant l'air de ses bras, il parvint à rétablir son équilibre et se précipita derrière le chien.

« Eh! » Sa voix cassée déchira le silence de Cimarron Street. « Reviens! »

Ses pas claquèrent sur le trottoir puis la chaussée, résonnant dans sa tête tels des coups de bélier. Son cœur battait à tout rompre.

« Eh! appela-t-il à nouveau. Ici, le chien! »

Le chien continua de clopiner sur le trottoir opposé. Sa patte arrière droite touchait à peine le sol; ses ongles noirs cliquetaient sur le ciment.

« Allez, viens. Je ne vais pas te faire de mal! » lui cria Robert Neville.

Un point de côté ralentissait sa course, de même qu'une migraine lancinante. Le chien s'arrêta, regarda derrière lui puis fila comme une flèche entre deux maisons. Il était marron et blanc, de race indéfinie. Une de ses oreilles pendait, déchiquetée, et son corps maigre donnait l'impression de se désarticuler.

« Ne t'enfuis pas! »

Une pointe d'hystérie faisait trembler la voix de Neville. Sa gorge se noua quand le chien disparut entre les maisons. Avec un gémissement apeuré, il pressa le pas malgré sa gueule de bois. Plus rien n'existait, hormis l'urgence de rattraper le chien.

Mais quand il pénétra dans le jardin, celui-ci était déjà parti.

Il se rua vers la barrière en séquoia et scruta les alentours. Rien ! Il fit volte-face, pour le cas où le chien aurait tenté de ressortir par où il était entré.

Toujours pas de chien.

Pendant une heure il battit en vain les environs, flageolant sur ses jambes et appelant toutes les cinq minutes : « Ici, le chien ! Ici ! »

Il finit par regagner sa maison, en proie au pire découragement. Après tout ce temps, découvrir un être vivant, un compagnon, et le perdre aussitôt : n'était-ce pas rageant ? Quand bien même ce n'était qu'un chien... Qu'un chien ? Mais aux yeux de Neville, ce chien incarnait le summum de l'évolution des espèces !

Il ne put rien avaler. Le choc de la rencontre et de la brusque disparition du chien l'avait ébranlé au point qu'il dut s'étendre. Mais le sommeil ne vint pas. Agité d'un tremblement fiévreux, il faisait rouler sa tête sur l'oreiller, répétant à son insu : « Ici, le chien ! Je ne te veux pas de mal ! »

Il reprit ses recherches dans l'après-midi, fouillant chaque rue, chaque jardin, chaque maison dans un rayon de deux cents mètres autour de chez lui, sans résultat.

Lorsqu'il rentra, vers cinq heures, il déposa devant la porte un bol de lait et un peu de viande hachée qu'il entoura d'un chapelet d'ail afin que les vampires n'y touchent pas.

Mais plus tard, il lui vint à l'esprit que le chien

devait lui-même être infecté et que l'ail l'empêcherait également d'approcher. C'était à n'y rien comprendre : si le chien portait le germe en lui, comment pouvait-il rôder ainsi en plein jour ? Peut-être le bacille était-il présent dans son sang en quantité si infime qu'il n'avait pas encore développé le mal. Mais dans ce cas, comment avait-il échappé aux autres ?

Mon Dieu ! pensa-t-il alors. Et s'il venait cette nuit, attiré par la viande, et que ces salauds le tuent ? S'il retrouvait son cadavre sur la pelouse le lendemain, se sachant responsable de sa mort ? Je ne le supporterais pas. Si cela devait arriver, je jure que je me ferais sauter la cervelle.

Ce dessein fit resurgir l'énigme que constituait à ses propres yeux son acharnement à vivre. Certes, le champ de son activité s'était sensiblement élargi ces derniers temps, mais son existence n'en restait pas moins un combat stérile et sans joie. En dépit de tout ce qu'il avait ou aurait pu avoir (hormis la compagnie d'un autre être humain, bien entendu), nulle perspective d'amélioration ou même de changement ne s'offrait à lui. Au train où allaient les choses, il avait encore trente ou quarante ans à vivre — si toutefois l'alcool ne le tuait pas d'ici là — sans rien en retirer de plus.

À l'idée de mener la même existence pendant encore quarante ans, il fut saisi d'effroi.

Malgré cela, il avait tenu bon. À vrai dire, il ne prenait pas grand soin de son corps. Il mangeait, buvait, dormait, faisait tout en dépit du bon sens. À ce régime-là, sa santé ne tarderait pas à décliner. Il sentait bien qu'il jouait déjà avec le feu.

Mais cette négligence n'avait rien d'un suicide. L'idée de mettre fin à ses jours ne l'avait même jamais effleuré. Pourquoi ?

Cette question demeurait sans réponse. Il ne s'était résigné à rien, ne s'était pas accoutumé à la vie qu'il était forcé de mener. Cela faisait huit mois que la dernière victime de l'épidémie avait succombé, neuf mois qu'il n'avait plus parlé à un être humain, dix que Virginia était morte, mais lui était toujours là. Il poursuivait son chemin, sans avenir, sans espoir d'aucune sorte.

Était-ce dû à l'instinct de survie ou à la bêtise ? Avait-il trop peu d'imagination pour songer à se détruire ? Pourquoi ne l'avait-il pas fait les tout premiers temps, alors qu'il touchait le fond du désespoir ? Qu'est-ce qui l'avait poussé à barricader la maison, se doter d'un congélateur, d'un groupe électrogène, d'une citerne d'eau potable, construire une serre, un établi, brûler les maisons voisines, rassembler des livres, des disques, des montagnes de vivres et même — à la réflexion, c'était assez sidérant — à soigner la décoration de son séjour ?

La vie était-elle donc plus forte que les mots et la volonté ? Était-ce la nature qui veillait à entretenir l'étincelle en lui, malgré ses écarts de conduite ?

Il ferma les yeux. À quoi bon penser, raisonner ? Ses questions resteraient sans réponse. Sa survie était un accident, un trait de stupidité bovine. La vérité, c'était qu'il était trop stupide pour mettre un terme à tout cela.

Plus tard, il recolla les morceaux du poster

déchiré. Les réparations n'étaient pas trop
visibles, à moins d'avoir le nez dessus.

Il tenta de se concentrer à nouveau sur la question du bacille, mais se rendit compte qu'il était
incapable de penser à autre chose qu'au chien. Il
se surprit même à prier, à sa façon maladroite,
pour qu'il ne lui arrivât rien. À ce moment-là, il
avait désespérément besoin de croire en un dieu
qui protégeât ses créatures. Mais dans le même
temps, il s'adressait des reproches et n'était pas
loin de tourner sa propre prière en dérision.

Pourtant, il réprima ses penchants iconoclastes
et continua de prier, parce que son plus cher désir
était de retrouver le chien, parce qu'il avait besoin
de lui.

Chapitre 13

Le lendemain matin, le lait et la viande hachée avaient disparu.

Le regard de Neville survola la pelouse. Il y avait deux cadavres de femmes étalés dans l'herbe, mais pas de chien. Un soupir de soulagement franchit ses lèvres. Merci, mon Dieu, pensa-t-il. Puis il sourit : si j'étais croyant, je dirais que ma prière a été exaucée.

Aussitôt après, il se reprocha de n'avoir pas été réveillé lors de la visite du chien. Il avait dû profiter de l'aube, quand les rues étaient à nouveau sûres. Il n'avait pu survivre aussi longtemps qu'en élaborant une stratégie. Il était vraiment dommage qu'il n'ait pas pu l'observer.

Pour se consoler, il se dit qu'il finirait bien par l'amadouer, ne fût-ce qu'en flattant son estomac. Un instant, il redouta que les vampires aient dérobé la nourriture, mais il eut vite fait de s'assurer du contraire : la viande n'avait pas été soulevée, mais traînée sur le ciment malgré les gousses d'ail, et de minuscules éclaboussures au pied du bol indiquaient que le lait avait été lapé.

Avant de déjeuner, il remplit le bol de lait et posa un autre morceau de viande à côté, en veillant à les placer à l'ombre. Après réflexion, il ajouta un bol d'eau fraîche.

Après manger, il emporta les deux femmes au crématoire. Au retour, il s'arrêta dans un supermarché où il prit vingt boîtes de la meilleure pâtée, des biscuits pour chien, un savon spécial, de la poudre antipuces et une brosse métallique.

On dirait que j'attends la naissance d'un bébé, pensa-t-il comme il regagnait la voiture, les bras chargés. Un sourire erra sur ses lèvres. Sans rire, je ne me suis pas senti aussi excité depuis un an. La fièvre qui s'était emparée de lui lors de la découverte du bacille n'était rien comparée à ce qu'il ressentait en pensant au chien.

Il roula comme un fou jusque chez lui et ne put se défendre d'un mouvement de déception en constatant qu'on n'avait pas touché à la viande ni au lait. Tu t'attendais à quoi ? se dit-il avec une pointe de sarcasme. Il ne va pas se goinfrer juste pour te faire plaisir…

Il déposa ses paquets sur la table de la cuisine et jeta un coup d'œil à sa montre. Dix heures et quart. Le chien reviendrait quand il aurait de nouveau faim. Un peu de patience, se dit-il. Aie au moins cette vertu-là…

Ayant fait un peu de rangement, il inspecta l'extérieur de la maison. Il y avait une planche à reclouer et une vitre à remplacer au toit de la serre.

Tandis qu'il déterrait des têtes d'ail, il se demanda une fois de plus pourquoi les vampires n'avaient jamais tenté d'incendier la maison. Cela semblait pourtant une tactique évidente. Avaient-ils peur du feu ? Ou étaient-ils simplement trop bêtes pour y penser ? Sans doute le passage de la vie à un état de mort animée s'accompagnait-il d'une détérioration des tissus cérébraux.

Non, cette théorie ne tenait pas : la nuit, il y avait aussi des «vivants» qui rôdaient autour de la maison, et ceux-là devaient avoir un cerveau en état de marche.

Il éluda le problème · il n'était pas d'humeur à réfléchir. Il occupa le reste de la matinée à confectionner et à accrocher des chapelets d'ail. Un moment, il se demanda pourquoi les têtes d'ail réussissaient à éloigner les vampires, quand la légende mentionnait juste les fleurs de cette plante. Qu'est-ce que cela pouvait faire, du moment que cela marchait ? Sans doute les fleurs auraient-elles eu le même effet.

Après déjeuner, il se posta derrière la porte, l'œil collé au judas, et surveilla l'assiette et les bols. On n'entendait aucun bruit, hormis le ronflement presque imperceptible des climatiseurs de la chambre, de la salle de bains et de la cuisine.

Le chien fit son apparition à quatre heures. Neville sortit brusquement de sa somnolence et le vit qui traversait la rue en boitant et en fixant la maison d'un œil méfiant. Il se demanda ce qui était arrivé à sa patte. Il aurait donné n'importe quoi pour pouvoir le soigner et s'assurer ainsi son affection. Tu te prends pour Androclès ? pensa-t-il, blotti dans la pénombre de sa maison.

Il se contraignit à ne pas bouger, à ne faire

aucun bruit. Le spectacle du chien lapant le lait et dévorant goulûment la viande lui procurait un incroyable sentiment de bonheur et de normalité. Son visage s'épanouit dans un sourire, sans qu'il s'en rendît compte. Ça, c'était un bon chien !

Sa gorge se serra lorsque le chien, son repas achevé, s'éloigna de la maison. Se levant d'un bond, il se rua vers la porte, puis il se ravisa : non, ce n'était pas la bonne méthode. Il aurait peur en te voyant, se raisonna-t-il. Laisse-le s'en aller.

Il retourna à son poste d'observation et regarda le chien retraverser la rue et disparaître entre les deux mêmes maisons que la veille, le cœur plein de tristesse. Ne t'en fais pas, se dit-il pour se consoler. Il reviendra.

S'écartant du judas, il se versa un whisky coupé d'eau qu'il sirota dans son fauteuil. Il se demanda où le chien passait ses nuits. Dans un premier temps, il s'était inquiété de ne pas l'avoir près de lui dans la maison. Puis il avait réfléchi qu'il devait être passé maître dans l'art de se cacher pour avoir survécu si longtemps.

Sans doute était-ce un de ces accidents qui déjouent toutes les statistiques. Par chance, par coïncidence et peut-être aussi un peu par ruse, ce chien avait échappé à l'épidémie et à ses sinistres victimes.

Voilà qui donnait à réfléchir : si un chien, avec son intelligence limitée, avait réussi à survivre, comment un être doué de raison n'en aurait-il pas *a fortiori* fait autant ?

Neville ne se laissa pas hypnotiser par cette

pensée : l'espoir était chose dangereuse. Il s'était résigné depuis longtemps à cette évidence.

Le chien revint le matin suivant. Cette fois, Robert Neville ouvrit la porte et se montra. L'animal détala aussitôt en tricotant des pattes, son oreille droite couchée en arrière.

Résistant à l'envie de le poursuivre, Neville alla s'asseoir sur les marches, le plus lentement, le plus naturellement qu'il put.

Comme la veille, le chien disparut entre deux maisons, de l'autre côté de la rue. Au bout d'un quart d'heure, Neville se décida à rentrer.

Son petit déjeuner expédié, il remit de la nourriture sur le porche.

Le chien revint à quatre heures. Neville attendit qu'il eût fini de manger, puis il sortit à nouveau.

Cette fois encore, le chien déguerpit. Mais voyant qu'il n'était pas suivi, il s'arrêta sur l'autre trottoir et tourna la tête vers la maison.

« Tout va bien, mon vieux ! » cria Neville, mais au son de sa voix, l'animal s'enfuit.

Neville grinça des dents, excédé. Bon Dieu, qu'est-ce qui lui prend, à ce fichu clébard ? râla-t-il intérieurement.

Puis il se représenta tout ce qu'il avait dû subir ; ces nuits interminables où il devait se terrer, tout pantelant, tandis que les vampires rôdaient autour de lui ; sa quête perpétuelle de nourriture et d'eau, son combat pour survivre dans un monde sans maîtres, prisonnier de ses vieilles habitudes de dépendance...

Pauvre vieux, pensa-t-il. Je te ferai oublier tout ça quand tu vivras près de moi.

Après tout, peut-être un chien avait-il plus de chances de s'en tirer qu'un être humain. Étant plus petit, il pouvait se cacher plus aisément des vampires. Et son flair devait l'avertir de leur nature monstrueuse...

Ces pensées n'étaient pas faites pour le réjouir. Contre toute raison, il s'était jusque-là raccroché à l'espoir de rencontrer un jour un autre survivant — homme, femme ou enfant, peu lui importait. Sans l'aiguillon permanent de l'hypnose collective, le désir sexuel perdait vite toute signification, mais la solitude demeurait.

Parfois, il en rêvait tout éveillé. Plus souvent, suivant en cela son intime conviction, il tentait de se faire à l'idée qu'il était bien le dernier homme au monde — ou du moins, de la partie du monde qui se trouvait à sa portée.

Ses réflexions lui avaient fait oublier l'heure.

Tout à coup, il vit Ben Cortman qui traversait la rue, accourant vers lui.

«Neville!»

Se relevant d'un bond, il se précipita vers la maison, claqua la porte derrière lui et poussa le verrou d'une main tremblante.

Plusieurs jours de suite, il sortit alors que le chien finissait de manger. À chaque fois, sa vue faisait détaler l'animal mais à mesure que le temps passait, il fuyait moins vite. Bientôt, il s'arrêta au milieu de la rue pour aboyer dans la direction de Neville. Au lieu de le suivre, celui-ci s'asseyait alors sur les marches et le regardait. C'était devenu une sorte de jeu entre eux.

Puis un jour, Neville alla s'asseoir avant l'arrivée du chien. Lorsque celui-ci apparut de l'autre côté de la rue, il ne bougea pas.

Pendant près d'un quart d'heure, l'animal hésita au bord du trottoir, n'osant approcher. Afin de l'encourager, Neville s'était assis le plus loin possible de la nourriture. Machinalement, il croisa les jambes et le chien déguerpit alors, effrayé. Il resta ensuite parfaitement immobile et le chien recommença à piétiner, regardant tour à tour Neville et la nourriture.

«Allez, viens, lui dit Neville. Viens manger, comme un bon toutou...»

Il se passa encore dix minutes. Le chien se trouvait maintenant sur la pelouse où il décrivait des arcs concentriques de plus en plus courts.

Soudain, il s'arrêta. Puis lentement, très lentement, en posant une patte devant l'autre, il recommença à avancer vers l'assiette et les deux bols sans quitter Neville des yeux.

«Ça, c'est un bon chien», dit doucement celui-ci.

Cette fois, le chien ne broncha pas au son de sa voix, mais Neville se retint de bouger de peur de l'effrayer.

Le chien continua d'approcher, tous ses muscles tendus, attentif au moindre de ses gestes.

«C'est bien», l'encouragea Neville.

Tout à coup, le chien s'élança, saisit la viande entre ses dents et retraversa la rue en zigzaguant à toute allure, escorté par le rire ravi de Neville.

«Canaille, va», dit-il d'un ton amical.

Toujours immobile, il regarda le chien englou

tir la viande. Accroupi sur un carré d'herbe jaune, celui-ci ne le quittait pas des yeux. Régale-toi, pensa-t-il. Dorénavant, tu n'auras plus que de la nourriture pour chien. Je ne peux quand même pas te sacrifier toutes mes réserves de viande!

Quand le chien eut fini de manger, il se releva et revint vers la maison d'une démarche un peu moins hésitante. Neville ne bougea pas mais son cœur battit plus fort. L'animal commençait à lui faire confiance, et cela le bouleversait.

«C'est bien, mon chien, dit-il. Bois ton eau, maintenant. Ça, c'est un bon chien.»

Il sourit avec ravissement en voyant l'animal dresser son oreille intacte: il écoute, exulta-t-il. Il entend tout ce que je dis, le filou!

«Allons, viens, insista-t-il. Viens boire ton eau et ton lait. Je ne te ferai pas de mal. Bon chien, va!»

Le chien s'approcha et se mit à boire. De temps en temps, il relevait brusquement la tête pour le surveiller, puis il replongeait le museau dans le bol.

«Tu vois, je ne bouge pas», lui dit Neville.

Sa voix sonnait bizarrement à ses propres oreilles. Quoi de plus normal, après tout ce temps? Un an de silence, c'était long. Quand tu habiteras avec moi, pensa-t-il, je te soûlerai de paroles.

Quand le chien eut cessé de boire, il lui dit encore d'un ton engageant, en se frappant la cuisse: «Viens ici, le chien. Allez, viens!»

Le chien le regarda avec curiosité et son oreille frémit à nouveau. Ces yeux, pensa Neville...

Quelle variété de sentiments pouvait se lire dans ces grands yeux marron ! Méfiance, peur, espoir, solitude... Pauvre bonhomme, va.

« Viens, mon chien, dit-il doucement. Je ne te ferai pas de mal. »

Il se leva alors et le chien détala. Neville le regarda s'éloigner en secouant la tête.

Plusieurs jours passèrent encore. Neville prit l'habitude d'assister au repas du chien et celui-ci ne tarda pas à manifester plus d'assurance quand il s'approchait de l'assiette et des bols, en chien qui ne doute pas de son ascendant sur l'être humain.

Et Neville n'arrêtait pas de lui parler.

« Ça, c'est un gentil chien. Allez, mange. C'est bon, hein ? Je suis ton ami. Cette nourriture, c'est moi qui te l'ai donnée. Tu as raison, régale-toi. Bon chien, va... » Sans cesse, il le cajolait, le flattait, déversait un flot de paroles apaisantes dans son oreille craintive.

Et de jour en jour, il s'asseyait un peu plus près. À la fin, il n'aurait eu qu'à tendre la main pour toucher le chien. Toutefois, il se garda bien de le faire : pas question de prendre des risques, se répétait-il. J'aurais trop peur de l'effrayer.

Mais il avait du mal à garder ses mains au repos. Il les sentait presque frémir du désir intense de caresser la tête du chien. Son besoin d'aimer était si pressant, et le chien d'une laideur si magnifique.

Il lui parla jusqu'à ce qu'il fût habitué au son de sa voix. Au bout de quelques jours, il levait à peine la tête quand il s'adressait à lui. Il allait et venait sans crainte, mangeait et remerciait d'un bref jappement avant de disparaître. Bientôt, je pourrai le toucher, se répétait Neville. Les jours, les semaines passaient agréablement, le rapprochant peu à peu de son futur compagnon.

Puis un matin, le chien ne vint pas.

Neville crut devenir fou. Il s'était tellement habitué à ses allées et venues que le chien était devenu le pivot de son existence. Toutes ses journées s'organisaient autour de ses repas, ses expériences étaient oubliées, plus rien ne comptait hormis son désir de l'avoir près de lui.

Il passa un après-midi éprouvant, à fouiller les environs en appelant le chien. Mais ses efforts restèrent vains et ce soir-là, son repas lui parut bien fade. Le chien ne reparut pas pour le dîner, pas plus que le lendemain matin. Neville reprit ses recherches, sans grand espoir. Ils ont fini par l'avoir, se répétait-il constamment. Les salopards, ils l'ont eu. Pourtant, il n'arrivait pas à y croire. Il refusait d'y croire.

Deux jours plus tard, alors qu'il se trouvait dans le garage, il entendit tinter le bol au-dehors. Étouffant un cri, il sortit en plein soleil.

« Tu es revenu ! » s'exclama-t-il.

Le chien s'écarta craintivement de l'assiette, les babines dégoulinantes.

Le cœur de Neville fit un bond. Le chien avait le regard éteint et il cherchait son souffle, laissant pendre sa langue presque noire.

« Non, gémit Neville, la voix brisée. Oh non ! »

Le chien continua de battre en retraite sur ses pattes grêles et vacillantes. Vite, Neville s'assit sur

les marches, tout tremblant. Oh non! pensait-il
avec angoisse. Mon Dieu, non.

Il regarda le chien laper son eau en frissonnant
par à-coups. Non, non, ce n'est pas vrai…

«Pas vrai», murmura-t-il sans en être conscient.

Instinctivement, il tendit la main. Le chien
recula en grognant et montrant les dents.

«Du calme, mon vieux. Je ne te veux pas de
mal.» Il ne savait même plus ce qu'il disait.

Il ne put empêcher le chien de s'en aller. Il
tenta de le suivre, mais il disparut avant qu'il ait
pu repérer l'endroit où il se cachait. Sans doute
était-ce quelque part sous une maison, mais il
n'en était pas plus avancé.

Cette nuit-là, il ne put fermer l'œil. Il arpenta la
maison, avalant des litres de café et pestant contre
la lenteur du temps. Il fallait qu'il s'empare du
chien, et vite. Il fallait qu'il le guérisse sans tarder.

Oui, mais comment? Il déglutit avec effort. Il
devait bien exister un remède. Même dans l'état
de ses connaissances, il était sûr qu'il en existait
un.

Le lendemain matin, il s'assit juste à côté du
bol. Ses lèvres se mirent à trembler quand il vit le
chien traverser la rue d'une démarche boitillante.
Cette fois-ci, il ne mangea rien. Son regard était
encore plus terne et indifférent que la veille.
Neville brûlait de se saisir de lui, l'emmener à la
maison, le soigner.

Mais s'il manquait son coup, cela risquait de
tout gâcher. Le chien aurait pu ne jamais revenir.

Pendant tout le temps où le chien but, la main
lui démangea de lui caresser la tête. Mais chaque

fois qu'il s'approchait, le chien reculait en grognant. Il essaya l'autorité. « Suffit ! » le gronda-t-il,
mais il ne parvint qu'à le terrifier et l'éloigner un
peu plus. Il en eut pour un quart d'heure à l'amadouer d'une voix rauque et à peine audible avant
qu'il consente à revenir.

Cette fois, le chien se déplaçait si lentement
qu'il parvint à le suivre et à le surprendre alors
qu'il se faufilait sous une maison. Il aurait pu
recouvrir le trou avec une petite plaque de métal
qui traînait là, mais il y renonça : il ne voulait pas
effrayer le chien. D'autre part, il aurait alors été
obligé de démonter le plancher de la maison pour
le tirer de là, et cela aurait pris trop de temps. Il
était urgent qu'il le récupère.

Cet après-midi-là, comme le chien ne revenait
pas, il alla glisser un bol de lait sous la maison où
il se terrait. Le lendemain matin, le bol était vide.
Il allait le remplir à nouveau quand il s'avisa que
ce n'était pas un bon moyen de l'inciter à sortir.
Aussi, il déposa le bol devant chez lui en priant
pour que le chien ait la force de se traîner jusque-
là. Son inquiétude était si forte qu'il en oublia de
railler l'ineptie de sa requête.

Plus tard, le chien n'étant toujours pas reparu, il
retourna à la maison et tenta de l'apercevoir.
Après être resté un moment à faire les cent pas
devant l'ouverture, il faillit quand même laisser le
lait. Mais non : s'il faisait cela, le chien ne sortirait
plus jamais.

Il rentra chez lui et passa une seconde nuit
blanche. Le chien ne vint pas non plus le lendemain matin. Il fit une nouvelle visite à la maison,

tendit l'oreille devant le trou, mais ne put
entendre la moindre respiration. Ou bien le chien
était trop loin, ou alors…

Il rentra chez lui et s'assit sur les marches
devant la maison. Il y demeura de longues heures,
sans rien manger de la journée.

Vers la fin de l'après-midi, le chien fit son apparition entre deux maisons. Il boitait bas et se
déplaçait au ralenti sur ses jambes maigres.
Neville se força à rester immobile le temps qu'il se
fût approché. Alors, subitement, il se pencha et le
souleva de terre.

L'animal tenta aussitôt de le mordre, mais
Neville saisit ses mâchoires dans sa main droite et
les tint fermement serrées. Son corps étique et
presque nu se débattait faiblement tandis que des
gémissements pitoyables et terrifiés faisaient pal-
piter sa gorge.

« Tout va bien, lui répétait sans cesse Neville.
Tout va bien, mon vieux. »

Vite, il le porta dans la maison et le déposa sur
une couverture qu'il avait préparée à son intention. À peine l'eut-il lâché qu'il tenta à nouveau
de le mordre. Neville éloigna vivement la main.
Le chien sauta alors sur le lino qu'il griffa sauva-
gement puis se rua vers la porte. Neville bondit
afin de lui barrer le passage. Le chien dérapa sur
le sol lisse, se releva d'un coup de reins puis disparut sous le lit.

Neville s'agenouilla et tenta de l'apercevoir. Il
distingua deux yeux qui rougeoyaient telles des
braises dans l'obscurité et entendit une respiration saccadée.

« Allez, viens, supplia-t-il d'un ton malheureux. Je ne vais pas te faire de mal. Tu es malade. Tu as besoin d'aide. »

Le chien ne bougeait pas. Avec un soupir Neville finit par se relever et sortit en fermant la porte derrière lui. Il alla chercher les bols, les remplit d'eau et de lait et revint les poser dans la chambre, près de la couverture.

Il s'attarda un moment près du lit, écoutant le chien qui haletait. La douleur creusait son visage de rides.

« Pourquoi n'as-tu pas confiance en moi ? » murmura-t-il d'une voix plaintive.

Il était en train de dîner quand des plaintes et des cris horribles lui parvinrent.

Le cœur battant, il se leva d'un bond, traversa le séjour comme une flèche. Il ouvrit toute grande la porte de la chambre et donna de la lumière.

Blotti dans le coin près de l'établi, le chien tentait de creuser un trou dans le sol.

Le corps secoué de geignements terrifiés, il grattait frénétiquement le lino qui se dérobait sous ses pattes.

« Tout va bien, mon vieux ! » se hâta de dire Neville.

Le chien fit volte-face et se renfonça dans l'angle, le poil hérissé, les babines retroussées sur des crocs jaunis, tandis qu'un râle dément s'échappait de sa gorge.

Neville comprit tout à coup ce qu'il avait . la nuit était tombée et l'animal épouvanté cherchait à creuser un trou pour s'y cacher.

Désemparé, le cerveau comme pétrifié, il vit le chien s'écarter tout doucement de l'angle puis se glisser sous l'établi.

Enfin, il lui vint une idée. Saisissant le couvre-lit, il alla s'accroupir près de l'établi.

Recroquevillé contre le mur, le chien tremblait violemment avec des grognements ronflants et gutturaux.

« Tout doux, mon vieux. Tout doux… »

Le chien se tassa sur lui-même quand il poussa la couverture sous l'établi. Une fois relevé, Neville se dirigea vers la porte et s'immobilisa, regardant en arrière. Si seulement je pouvais faire quelque chose, pensa-t-il, désarmé. Mais il n'y a même pas moyen de l'approcher.

Il décida que si le chien s'obstinait à refuser son contact, il recourrait au chloroforme. Ainsi, il pourrait enfin soigner sa patte et tester un quelconque remède sur lui.

Il revint à la cuisine mais l'appétit s'était enfui. Il finit par vider son assiette dans la boîte à ordures et reverser le café dans le pot. Dans le séjour, il se servit un whisky qu'il vida d'un trait bien qu'il le trouvât insipide. Puis il reposa le verre vide et regagna la chambre, la mine maussade.

Enfoui dans les plis de la couverture, le chien tremblait et gémissait sans discontinuer. Inutile de tenter quoi que ce soit maintenant, songea Neville. Il est trop effrayé.

Il alla s'asseoir sur le lit, se passa les mains dans les cheveux puis les plaqua sur son visage. Tu dois le guérir, se dit-il, et serrant le poing, il en frappa mollement le matelas.

D'un geste brusque, il étendit le bras pour éteindre et s'allongea tout habillé, laissant ses sandales glisser au sol avec un bruit lourd.

Silence. Il ne pouvait détacher son regard du plafond. Pourquoi ne te lèves-tu pas ? se demanda-t-il. Tu pourrais tenter quelque chose…

Il se tourna sur le côté. Dors. L'injonction avait surgi d'elle-même dans son esprit. Pourtant, il savait qu'il ne dormirait pas. Couché dans le noir, il écoutait geindre le chien. Il va mourir, pensa-t-il, et je ne peux rien y faire.

Au bout d'un moment, n'y tenant plus, il alluma la lampe de chevet. En l'entendant traverser la pièce en chaussettes, le chien voulut se défaire de la couverture. Mais il s'entortilla dedans et se mit à japper, brusquement frappé d'épouvante, tandis que son corps faisait des bonds désordonnés sous la laine.

Neville s'agenouilla et posa les mains sur lui. Un grognement étouffé lui parvint, suivi d'un claquement de mâchoires, le chien cherchant à le mordre à travers la couverture.

« Tout doux, lui dit-il. Calme-toi. »

Le chien se démenait toujours en une plainte ininterrompue, son corps émacié secoué de tremblements incoercibles. Neville le maintenait d'une poigne solide tout en lui parlant gentiment.

« Allons, mon vieux, allons. Tout va bien, maintenant. Personne ne te fera de mal. Allons, détends-toi. C'est ça, détends-toi. Là, on se calme. Personne ne va te faire de mal. On va bien prendre soin de toi… »

Il parla pendant près d'une heure, d'une voix

basse et presque hypnotique dans le silence de la pièce. Et peu à peu, presque imperceptiblement, le chien se calma. Neville continua de parler, un sourire errant sur ses lèvres.

« C'est bien. Allez, détends-toi. On va s'occuper de toi. »

Bientôt, le chien reposa tranquillement entre ses mains robustes, son immobilité à peine troublée par sa respiration heurtée. Neville se mit à lui caresser la tête, à promener la main sur tout son corps, le flattant et l'apaisant.

« Ça, c'est un bon chien. Oui, un bon chien. Maintenant, je vais prendre soin de toi. Personne ne te fera de mal. Tu comprends ça, hein ? Bien sûr, que tu comprends. Tu es mon chien, pas vrai ? »

Il s'assit avec précaution sur le lino froid sans cesser de caresser le chien.

« C'est un bon chien, ça. Oui, un bon chien. »

Il parlait d'une voix calme, teintée de résignation.

Au bout d'une heure, il se risqua à soulever le chien. Sur le moment, il se débattit et recommença à geindre, mais Neville lui parla à nouveau et il ne fut pas long à se calmer.

Neville s'assit sur son lit, tenant le chien emmailloté dans la couverture sur ses genoux. Il resta des heures ainsi, à flatter, caresser, parler. Étendu sur lui, le chien respirait maintenant plus librement.

Il était presque onze heures quand Neville écarta doucement les plis de la couverture, dégageant la tête du chien.

Pendant quelques minutes, celui-ci fuit sa main et montra un peu les dents. Mais Neville persista à lui parler à voix basse et au bout d'un moment, sa main se posa sur son encolure chaude, ses doigts remuèrent doucement, grattant et caressant.

Il sourit au chien, la gorge nouée par l'émotion.

« Bientôt, tu iras mieux, murmura-t-il. Je te le promets. »

Le chien leva vers lui ses yeux ternes et maladifs puis, presque timidement, il passa sa langue humide et râpeuse sur la paume de sa main.

Neville demeura sans voix, les joues sillonnées de larmes.

Une semaine plus tard, le chien était mort.

Chapitre 14

Cette fois, il ne se soûla pas. Loin de là. Neville découvrit en cette occasion qu'il était moins tenté de boire. Quelque chose avait changé. En essayant de l'analyser, il aboutit à la conclusion que sa dernière beuverie l'avait plongé dans des abysses de désespoir et de frustration. Maintenant qu'il avait touché le fond, il ne pouvait que remonter.

Après avoir fondé tant d'espoirs sur le chien, il s'était fait à l'idée que ceux-ci ne le mèneraient jamais à rien. Dans un monde où l'horreur constituait la norme, nul salut ne pouvait venir des rêves. Il avait pris son parti de l'horreur, mais sa banalité lui paraissait un obstacle infranchissable. Cela, il lui avait fallu du temps pour le comprendre. Cette prise de conscience lui procurait une sorte de paix, le sentiment d'avoir étalé tout un jeu de cartes sur la table, mentalement parlant, et d'avoir lui-même composé sa main en piochant parmi elles.

Il avait eu moins de peine qu'il l'aurait cru à enterrer le chien. C'était un peu comme s'il eût enterré de vains espoirs et de fausses joies. Dès lors, il parut s'être résigné à vivre dans une tour sans plus chercher à s'en évader au péril de sa vie ni s'ouvrir le front en le tapant contre les murs.

Après quoi, résigné, il se remit au travail.

Cela s'était passé il y avait presque un an, quelques jours après qu'il eut conduit Virginia au cimetière pour la seconde et la dernière fois.

Morne et vide, tout en proie à son chagrin, il errait un soir dans les rues, les bras ballants, la démarche traînante accordée à son désespoir. Son visage atone ne reflétait rien de l'implacable douleur qui l'habitait.

Il avait marché des heures durant sans savoir où il allait. Cela n'avait aucune importance. Il ne désirait qu'une chose : ne pas se retrouver dans la maison déserte, ne pas revoir les objets familiers qu'elles avaient touchés, la chambre de Kathy, ses vêtements désormais inutiles dans l'armoire, le lit qu'il avait partagé avec Virginia, ses affaires ses bijoux, ses parfums sur la commode.

Tandis qu'il déambulait, il fut brusquement happé par une cohue grouillante. Un homme lui prit le bras, lui soufflant des relents d'ail au visage.

«Viens, frère, viens», fit l'homme d'une voix grinçante. La peau de son cou tremblotait comme de la gelée. Neville nota les taches rouges de ses pommettes, ses yeux fiévreux, son costume noir, sale et fripé. «Viens, frère, viens et tu seras sauvé!»

Comme Robert Neville le regardait sans comprendre, l'homme le tira plus fort, s'agrippant à son bras de ses doigts décharnés.

« Il n'est jamais trop tard, frère, reprit-il. Le salut vient pour celui qui… »

La fin de sa phrase se perdit dans un brouhaha s'échappant d'un chapiteau vers lequel il le guidait. On eut dit le grondement d'un océan impétueux, s'efforçant de fuir sa prison de toile. Robert Neville tenta de dégager son bras.

« Je ne veux pas… »

L'autre ne parut pas l'entendre. Ensemble, ils continuèrent d'avancer vers la cascade de cris et de piétinements. Robert Neville avait l'impression d'être entraîné vers un raz de marée.

« Je ne… »

Mais déjà, la tente l'avalait ; l'océan de clameurs, de trépignements, d'applaudissements se refermait sur lui. D'instinct, il recula tandis que son cœur s'emballait. Des centaines de personnes se pressaient maintenant autour de lui, formant des remous comme pour l'engloutir, poussant des cris, battant des mains et hurlant des mots qu'il ne comprenait pas.

Soudain, les cris s'éteignirent et une voix fendit la pénombre tel le glaive de la justice divine, tellement stridente qu'elle faisait craqueter les haut-parleurs.

« Voulez-vous trembler devant la croix du Seigneur ? Voulez-vous, lorsque vous vous regarderez dans un miroir, ne pas y voir le visage que vous a donné le Tout-Puissant ? Voulez-vous ramper hors de la tombe tels des monstres vomis par l'enfer ? »

La voix rocailleuse exhortait, vibrait, se faisait pressante.

« Voulez-vous être changés en un animal noir et maléfique ? Voulez-vous souiller le ciel nocturne de vos ailes de chauve-souris ? Je vous le demande, voulez-vous être changés en créatures impies et maudites, vouées à la damnation éternelle ?

— Non ! éclata la foule épouvantée. Non, sauvez-nous ! »

Robert Neville battit en retraite, se cognant contre des fidèles aux mains tendues, aux mâchoires crispées, qui imploraient les cieux menaçants de leur venir en secours.

« En vérité, je vous le dis ! Écoutez la parole de Dieu ! Le mal s'étendra à toutes les nations et le châtiment du Seigneur s'exercera d'un bout à l'autre de la Terre ! Est-ce là un mensonge ?

— Non ! Non !

— Je vous le dis : à moins que nous ne devenions pareils à des petits enfants, purs et sans taches aux yeux de Notre Seigneur, à moins que nous ne nous levions pour chanter la gloire du Dieu tout-puissant et de Son fils Jésus-Christ, notre Sauveur, à moins que nous ne tombions à genoux et demandions la rémission de nos péchés, nous serons damnés ! Je vous le dis et le répète : nous serons damnés, damnés, damnés !

— Amen !

— Sauvez-nous ! »

Les gens se tordaient, gémissaient, se frappaient le front, criaient en proie à une frayeur mortelle, hurlaient des alléluias terribles.

Bousculé, déséquilibré, Neville fut pris dans un maelström d'espoirs, un feu roulant de ferveur hystérique.

«Dieu a puni nos fautes! Dieu a donné libre cours à Sa colère toute-puissante! Dieu a déchaîné sur nos têtes un nouveau déluge, un torrent destructeur de créatures infernales! Il a ouvert les caveaux, Il a violé les sépultures, Il a tiré les morts du tombeau et les a lâchés sur nous! Et la mort et l'enfer ont relâché leurs proies, car telle était la volonté de Dieu! Ô Dieu, Tu nous as punis! Ô Dieu, Tu as vu l'infamie de nos péchés! Ô Dieu, Tu nous as fait subir le poids de Ta colère toute-puissante!»

Applaudissements éclatant tels des tirs sporadiques, corps oscillant comme des éteules dans la tempête, lamentations de la masse des morts en puissance, cris des vivants en révolte... Robert Neville se fraya un passage parmi leurs rangs en furie, le visage blême, les mains tendues devant lui comme un aveugle cherchant un refuge.

Il finit par leur échapper, faible et tremblant. Sous le chapiteau, ils hurlaient toujours. Mais la nuit était déjà tombée.

Assis dans le séjour, un livre de psychologie ouvert sur les genoux, il sirotait un whisky noyé d'eau en dévidant le fil de ses souvenirs.

C'était une phrase du texte qu'il venait de lire qui l'avait ainsi ramené dix mois en arrière, le soir où il s'était trouvé plongé en plein revival :

«Cet état mental, qualifié de cécité hystérique, peut être partiel ou total, et s'appliquer à un ou plusieurs objets, voire à tous...»

Ces quelques mots l'avaient conduit à reconsidérer le problème. Jusque-là, il s'était obstiné à imputer au germe tous les phénomènes liés au vampirisme. Quant à ceux qui n'entraient pas dans le cadre, il tendait à les mettre sur le compte de la superstition. Certes, il avait vaguement envisagé une explication psychologique, sans vraiment y ajouter foi. Il en allait tout autrement maintenant qu'il avait surmonté ses préjugés.

Certains de ces phénomènes pouvaient très bien avoir des causes physiques et les autres, psychiques. Cela étant posé, il se demanda comment il avait pu ignorer une vérité aussi flagrante. C'est à croire que je suis de ceux qui ne voient jamais rien, pensa-t-il avec un soupçon d'amusement.

Pense au choc qu'ont dû subir les victimes de l'épidémie...

Vers la fin, la presse à sensation avait répandu une crainte maladive des vampires aux quatre coins du pays. Il se rappelait la débauche d'articles pseudo-scientifiques qui ne visaient qu'à entretenir la peur afin de stimuler les ventes.

Il y avait quelque chose de sinistrement burlesque dans cette course effrénée au profit alors même que le monde était en train de mourir. Tous les journaux n'avaient pas donné dans cette surenchère, mais ceux qui avaient conservé leur honnêteté et leur intégrité morale avaient disparu comme les autres.

Sur la fin, toutefois, le journalisme à sensation avait régné en maître. Dans le même temps, on avait assisté à une résurgence massive du revivalisme. De façon assez typique, dans sa quête de réponses immédiates et aisément compréhensibles, une partie du public s'était tournée vers cette forme de ferveur primitive, avec un succès pour le moins discutable : non seulement ces dévots avaient succombé aussi vite que les autres, mais ils étaient morts le cœur rempli de terreur.

La suite était facile à imaginer : voir ses pires craintes justifiées en reprenant conscience sous un manteau de terre lourd et chaud, sachant que la mort n'avait pas apporté le repos. Creuser le sol de ses mains pour regagner la surface, mû par un besoin aussi bizarre que hideux...

Un tel traumatisme pouvait porter un coup fatal à une raison déjà vacillante. En tout cas, cela expliquait beaucoup de choses, à commencer par la peur de la croix.

À force de s'entendre répéter que le point focal de leur vénération deviendrait pour eux un objet de répulsion, les croyants avaient pu perdre l'esprit et développer une peur panique de la croix. En plus de ces craintes fabriquées, le dégoût de soi aurait alors provoqué chez le vampire un blocage qui l'aurait rendu aveugle à son image abhorrée, faisant de lui cet esclave de la nuit, solitaire et sans âme, qui fuyait le contact des humains, cherchait parfois le réconfort dans son sol natal, quêtant une impossible communion avec qui ou quoi que ce fût.

Quant à la peur de l'eau, il inclinait à n'y voir qu'une superstition, un prolongement de la légende voulant que les sorcières fussent incapables de franchir le moindre filet d'eau, comme Tam O'Shanter dans le poème de Burns. Sorcières, vampires : il y avait comme un lien de parenté entre toutes ces créatures honnies, et il n'était pas rare que les légendes les concernant se recoupent.

Et les vampires «vivants»? L'explication était simple.

Quel meilleur exutoire que le vampirisme pour les déments et les détraqués qui étaient légion avant même l'épidémie? Neville était convaincu que les vivants qui faisaient chaque nuit le siège de sa maison étaient des fous se prenant pour de vrais vampires, alors qu'ils n'étaient que des malades mentaux. Il comprenait maintenant pourquoi ils n'avaient jamais pensé à brûler sa maison : ils étaient tout bonnement incapables de la moindre logique.

Il se souvint d'un homme qui, une nuit, avait grimpé en haut du lampadaire en face de la maison. Par le judas, Robert Neville l'avait vu sauter dans le vide en agitant frénétiquement les bras. Sur le moment, les raisons de son geste lui avaient paru obscures, mais tout s'éclairait à présent : l'homme s'était pris pour une chauve-souris !

Tandis qu'il considérait son verre à demi vide, ses lèvres esquissèrent un mince sourire.

Ainsi, songea-t-il, la vérité progresse, lentement mais sûrement. Il apparaît que les vampires ne constituent pas une race à part, invincible. Loin de là : ils forment une espèce hautement vulnérable, dont la survie dépend de conditions matérielles des plus strictes.

Il reposa son verre sur la table.

Je n'ai pas besoin de ça, pensa-t-il. Pas besoin de chercher l'évasion ou l'oubli dans l'alcool. D'ailleurs, je n'ai plus rien à fuir désormais.

Pour la première fois depuis la mort du chien, il éprouva un sentiment de paix mêlé de satisfaction. Il avait encore beaucoup à apprendre, mais moins qu'avant. Étrangement, la vie lui paraissait presque supportable. Voici que sans une plainte, j'endosse la bure de l'ermite, pensa-t-il.

L'électrophone diffusait une musique lente et paisible.

Dehors, les vampires attendaient.

TROISIÈME PARTIE

Juin 1978

Chapitre 15

Neville était sorti pour faire la chasse à Cortman. C'était devenu un délassement pour lui, une des rares distractions qui lui restaient. Il s'y livrait les jours où il ne craignait pas de s'éloigner et qu'aucune tâche urgente ne le retenait à la maison. Il cherchait sous les voitures, derrière les buissons, dans les caves, les cheminées, les placards, les réfrigérateurs, sous les lits, partout où pouvait se loger un homme modérément corpulent.

Ben Cortman était susceptible de se trouver dans n'importe laquelle de ces cachettes à un moment ou à un autre, car il en changeait constamment. Neville avait la conviction qu'il se savait pourchassé et qu'il en éprouvait une sorte de volupté. Si la formule n'avait pas été aussi anachronique, il aurait dit que le danger donnait du piment à la «vie» de Ben Cortman. Il lui arrivait de penser que Ben n'avait jamais été aussi heureux.

Neville marchait d'un pas tranquille sur Compton Boulevard, se dirigeant vers la maison qu'il entendait visiter ensuite. La matinée avait été

sans histoires. Cortman demeurait introuvable,
bien que Neville fût certain qu'il résidait dans le
voisinage : chaque soir, il était le premier devant
la maison. Les autres lui étaient presque toujours
inconnus. Leur taux de renouvellement était élevé
car invariablement, ils s'attardaient ensuite dans
le quartier où Neville n'avait aucun mal à les
repérer et à les détruire. Mais pas Cortman.

Il se demanda une fois de plus ce qu'il ferait de
lui si jamais il lui mettait la main dessus. Sa
méthode, toujours identique, visait l'élimination
immédiate. Mais il savait que ce ne serait pas
aussi facile. Non qu'il éprouvât quelque sentiment
que ce fût à l'égard de Cortman : ce dernier n'incarnait même pas le passé. Le passé était mort, et
Neville en avait pris son parti.

Non : la vérité, c'est qu'il n'avait pas envie de
renoncer à son passe-temps. Les autres étaient
tellement ennuyeux; on aurait dit des robots.
Ben, au moins, manifestait une certaine imagination. Pour une raison inconnue, son cerveau
n'avait subi aucun dommage. La théorie de
Neville était que Ben avait vocation à devenir un
mort — plutôt un mort-vivant, rectifia-t-il avec un
sourire désabusé.

Il en oubliait que le but de Cortman était aussi
de le tuer. Le danger qu'il représentait lui paraissait négligeable.

Avec un soupir las, il s'assit sur le seuil d'une
maison. Puis il plongea la main dans sa poche avec
une sorte d'apathie et en retira sa pipe qu'il bourra
de tabac grossièrement découpé. Quelques minutes
plus tard, des volutes de fumée flottaient paresseu-

sement au-dessus de sa tête dans l'air tiède et
immobile.

Neville promenait son regard sur le terrain
vague par-delà le boulevard. Ces derniers temps,
il avait forci et gagné en décontraction. Depuis
qu'il menait l'existence rangée d'un ermite, son
poids était monté à cent quinze kilos. Il avait un
visage plein et cachait des muscles fermes sous
son ample chemise en denim. Ayant depuis longtemps renoncé à se raser, il portait une barbe
blonde d'environ cinq centimètres qu'il ne taillait
que rarement Ses cheveux longs et rebelles commençaient à s'éclaircir. Ses yeux bleus illumi-
naient son visage hâlé de leur regard impassible.

Le dos calé contre une marche en brique, il souf-
flait lentement des nuages de fumée. Il savait qu'il
subsistait une dépression dans le sol, quelque part
dans le terrain vague. C'était là qu'il avait enseveli
Virginia, avant qu'elle ne se déterrât. Mais à cette
pensée, son regard ne reflétait plus la moindre tristesse. Plutôt que de continuer à souffrir, il s'était
fermé à toute introspection. Désormais, le temps
se réduisait pour lui à la seule dimension du présent, un présent tout entier fondé sur la survie,
ignorant les sommets de la joie comme les abîmes
du désespoir. Il avait la sensation de se rapprocher
du règne végétal, selon son désir.

Soudain, il s'avisa que la tache claire qu'il fixait
depuis plusieurs minutes se déplaçait à l'intérieur
du terrain vague. Il plissa les yeux avec un grognement qui exprimait à la fois le doute et l'interrogation. Puis il se leva et mit la main gauche en
visière pour abriter ses yeux du soleil.

Il mordit violemment le tuyau de sa pipe.

Une femme !

Il resta comme frappé de stupeur devant l'apparition, jusqu'à en laisser tomber sa pipe.

Il ferma les yeux. Quand il les rouvrit, la femme était toujours là. Son cœur battait de plus en plus fort tandis qu'il la suivait du regard.

Elle ne l'avait pas vu. Elle avançait tête baissée à travers l'immense terrain. À présent, il distinguait ses cheveux roux flottant au vent, ses bras qu'elle balançait mollement. Sa gorge se serra. Après ces trois années de solitude, cette vision paraissait tellement incroyable que sa raison butait dessus. Il cligna les yeux, continua de l'observer, immobile dans l'ombre de la maison.

Une femme vivante. En plein jour !

Neville était bouche bée. Maintenant qu'elle s'était rapprochée, sa jeunesse lui sautait aux yeux — sans doute n'avait-elle pas trente ans. Elle portait une robe blanche, sale et chiffonnée. Sa peau était hâlée, ses cheveux roux. Dans le silence général, Neville croyait entendre les hautes herbes craquer sous ses semelles.

Je deviens fou : ces mots claquèrent comme un coup de fouet dans son esprit. Cette hypothèse lui paraissait moins extravagante que la possibilité que la femme fût réelle. En fait, il s'était plus ou moins préparé à de telles hallucinations. Quoi de plus logique ? Si un homme mourant de soif croyait distinguer un lac dans le désert, pourquoi un homme privé de compagnie n'aurait-il pas imaginé une femme marchant sous le soleil ?

Soudain, il tressaillit. Ce n'était pas un mirage,

à moins qu'il ne fût associé à des hallucinations auditives : il distinguait à présent le bruit de ses pas dans l'herbe. Tout était réel, le balancement de ses cheveux, de ses bras. Elle avait toujours les yeux fixés par terre. Qui était-elle ? Où allait-elle ? D'où sortait-elle ?

Quelque chose se manifesta en lui, trop rapide pour qu'il l'analysât ; un instinct plus fort que la réserve et les barrières qu'il avait dressées autour de lui au fil du temps.

Son bras gauche se tendit vers le ciel.

« Hé ! » cria-t-il. Il sauta sur le trottoir. « Hé ! vous, là-bas. »

Tout à coup, le silence fut total. Elle leva la tête et leurs regards se croisèrent. Elle est vivante, se dit-il. Vivante !

Il voulut l'appeler à nouveau, mais aucun son ne jaillit de sa gorge. Sa langue était un bloc de bois, son cerveau refusait de penser. Vivante... Son esprit ne se lassait pas de le répéter. Vivante, vivante, vivante...

Brusquement, la jeune femme fit demi-tour et se mit à courir à toutes jambes à travers le terrain vague.

Neville resta quelques secondes à se balancer d'un pied sur l'autre, ne sachant quel parti prendre, puis il lui sembla que son cœur allait exploser. D'un bond, il s'élança au-dessus du trottoir. Les semelles de ses bottes entrèrent en contact avec la chaussée qui résonna sous son poids.

« Attendez ! » cria-t-il.

Elle n'attendit pas. Il vit ses jambes cuivrées qui tricotaient dans sa fuite sur le sol accidenté. Il comprit dans un éclair qu'il ne l'arrêterait pas avec des mots. Il se rappela le choc que lui avait causé la vue de la jeune femme. Combien celle-ci avait dû être bouleversée quand son cri avait éclaté, brisant un si long silence, et qu'elle avait vu ce géant blond et barbu faire de grands gestes dans sa direction !

En quelques enjambées, il gagna l'autre trottoir et s'enfonça dans le terrain vague. Son cœur battait maintenant à coups redoublés. Elle est vivante ! pensait-il constamment. Vivante... Une femme vivante !

Elle ne pouvait courir aussi vite que lui. En quelques minutes, il combla une bonne partie de son retard. Elle tourna vers lui un regard terrifié.

«Je ne vous ferai pas de mal !» cria-t-il, mais elle continua de courir.

Soudain, elle trébucha et tomba sur un genou. De nouveau, elle leva vers lui un visage convulsé par la frayeur. Au prix d'un effort désespéré, elle parvint à se relever et se remit à fuir.

Le frottement de leurs pieds parmi les hautes herbes troublait seul le silence. Neville se mit à progresser par bonds, gagnant ainsi un peu plus de terrain, alors que le bas de la robe, en rasant l'herbe, la freinait.

«Stop !» cria-t-il par réflexe, sans véritable espoir de la voir obtempérer.

Loin de s'arrêter, elle accéléra l'allure. Serrant les dents, Neville augmenta sa propre vitesse. Lui courait en ligne droite tandis qu'elle zigzaguait à travers pré, ses cheveux roux décrivant des vagues dans son dos.

Il était maintenant si près qu'il entendait sa respiration haletante. Il n'avait aucune envie de l'effrayer, mais il était trop tard pour renoncer. Plus rien ne comptait à ses yeux, sinon l'urgence de la rattraper.

Ses jambes robustes exerçaient une poussée régulière contre le sol qu'il sentait vibrer sous ses bottes.

Ils maintinrent leur allure, tout pantelants. À un moment, la femme jeta un coup d'œil par-dessus son épaule, évaluant la distance entre eux. Neville n'avait aucune idée de la vision terrifiante qu'il offrait, avec son mètre quatre-vingt-dix, sa barbe en broussaille et son air déterminé.

Tout à coup, il étendit le bras et la saisit par l'épaule droite.

Avec un cri étranglé, la jeune femme tenta de se libérer. Déséquilibrée, elle tomba et sa hanche heurta le sol rocailleux. Neville se précipita pour l'aider. Voulant lui échapper, elle essaya de se relever mais son pied dérapa et elle s'étala à nouveau, cette fois-ci sur le dos. Sa robe se retroussa sur ses cuisses. Elle se souleva un peu en gémissant et tourna vers lui deux yeux sombres à l'expression terrifiée.

« Tenez », haleta-t-il en lui tendant la main.

Avec un petit cri, elle le repoussa d'une claque et se releva péniblement. Comme il la retenait par le bras, elle le gifla de sa main libre, lui griffant le front et la tempe droite de ses ongles ébréchés. Poussant un grognement, il la lâcha précipitamment ; elle tourna aussitôt les talons et se remit à courir.

Neville s'élança et l'empoigna par les épaules.
«De quoi avez-vous p…»

Il ne put achever : les ongles de la femme
venaient de lui entailler les lèvres. Après cela, il
n'y eut plus que le bruit de leur lutte et de leurs
souffles haletants, le frottement de leurs pieds
dans la terre, les craquements de l'herbe piétinée.

«Ça suffit !» cria-t-il, mais elle continua de se
battre.

Comme elle reculait, le devant de sa robe se
déchira. Neville la lâcha aussitôt L'étoffe légère
glissa, dénudant une épaule brunie et le bonnet
gauche d'un soutien-gorge blanc.

Elle se jeta sur lui, toutes griffes dehors, mais il
lui attrapa les poignets et les serra comme dans un
étau. Elle lui balança un coup de pied dans le tibia
à lui briser les os.

«Merde !»

Rugissant de fureur, il la gifla à toute volée.
Elle chancela, le regarda d'un air égaré, puis
éclata brusquement en sanglots. Elle tomba à
genoux, se protégeant la tête de ses bras.

Neville reprit son souffle, considérant la femme
prostrée à ses pieds, puis il cligna les yeux et dit :

«Debout ! Je ne vais pas vous faire de mal.»

Elle garda la tête baissée. Décontenancé, il ne
savait quoi lui dire.

«Je ne vais pas vous faire de mal», répéta-t-il.

Cette fois, elle leva les yeux mais son expression dut l'effrayer car elle se tassa aussitôt sur
elle-même. Elle demeura accroupie, le regardant
d'un air craintif.

«De quoi avez-vous peur ?» l'interrogea-t-il.

Il n'imaginait pas combien sa voix était âpre, sans chaleur. C'était la voix d'un homme qui avait perdu l'habitude des contacts avec ses semblables.

Il fit un pas en avant, suscitant chez elle un nouveau réflexe de repli.

« Tenez, dit-il. Levez-vous. »

Elle lui obéit lentement, ignorant la main qu'il lui tendait. Soudain, elle s'aperçut qu'elle avait la poitrine à l'air et ramena contre elle les lambeaux de son corsage.

Ils s'observèrent longuement, chacun reprenant son souffle. Le premier instant de surprise passé, Neville se sentait désemparé. Cela faisait des années qu'il rêvait d'une telle rencontre mais dans ses rêves, les choses se passaient différemment.

« Que… quel est votre nom ? » demanda-t-il.

Elle ne répondit pas. Elle continuait de le dévisager, les lèvres tremblantes.

« Eh bien ? » insista-t-il en haussant le ton.

Elle tressaillit et balbutia : « R-Ruth. »

Au son de cette voix, un frisson parcourut le corps de Robert Neville, le libérant de ses tensions et effaçant ses questions. Son cœur se mit à battre plus vite et il fut à deux doigts de pleurer.

Il avança la main, de façon presque inconsciente, et l'épaule de la femme frémit à son contact.

« Ruth, répéta-t-il d'une voix atone, la gorge serrée par l'émotion. Ruth… »

Le dernier homme et la dernière femme restèrent debout face à face, au milieu du pré écrasé de soleil.

Chapitre 16

La femme reposait sur le lit de Neville, endormie. Il était plus de quatre heures de l'après-midi. Au moins vingt fois, Neville s'était glissé dans la chambre pour voir si elle était réveillée. À présent, il buvait du café dans la cuisine, remâchant ses inquiétudes.

Et si elle était néanmoins contaminée?

Cette idée lui était venue quelques heures plus tôt, en la regardant dormir, et elle ne l'avait plus quitté depuis lors. Il avait beau se raisonner, rien n'y faisait. D'accord, sa peau était bronzée par le soleil, et il l'avait trouvée dehors en plein jour. Mais le chien non plus ne craignait pas le jour.

Neville pianotait sans relâche sur la table.

L'évidence s'était enfuie; le rêve avait cédé la place au doute et aux complications. Ils ne s'étaient pas jetés dans les bras l'un de l'autre, n'avaient pas prononcé de paroles magiques. Il n'avait rien tiré d'elle en dehors de son nom. Il lui avait fallu batailler pour l'amener chez lui et plus encore pour la décider à entrer dans la maison. Elle n'avait pas arrêté de pleurer et de le supplier de l'épargner, sans rien écouter de ce qu'il lui disait. Et lui qui s'était imaginé une rencontre digne des films d'Hollywood : des étoiles brillant dans leurs yeux, les deux héros franchissent le seuil de la maison en se tenant par la taille et disparaissent en fondu... Dans la réalité, il avait dû cajoler, discuter, admonester tandis qu'elle freinait des quatre fers. Leur entrée avait été tout sauf romantique, puisqu'il avait été obligé de la traîner à l'intérieur.

Une fois à la maison, elle n'avait pas paru moins effrayée. Insensible à ses efforts pour se montrer rassurant, elle s'était tapie dans un coin comme l'avait fait le chien, refusant de boire ou de manger quoi que ce soit. De guerre lasse, il l'avait enfermée dans la chambre où elle avait fini par s'endormir.

Il soupira profondément en tripotant l'anse de sa tasse.

Toutes ces années à espérer une compagne, songea-t-il. Et maintenant que j'en ai trouvé une, je commence par la rudoyer et la traiter avec méfiance.

Comment faire autrement ? Il s'était trop habitué à l'idée qu'il était le dernier être humain. Le fait qu'elle semblât normale n'y changeait rien. Il en avait trop vu d'entre eux, plongés dans leur espèce de torpeur, qui avaient aussi bonne mine qu'elle. Mais bien sûr, ce n'était qu'une apparence. Sa présence dehors en plein jour ne suffisait pas à vaincre son scepticisme. Il avait trop douté pour croire encore à l'existence d'êtres pareils à lui. Et passé l'effet de surprise, il retrouvait intacte la conviction que des années de solitude avaient ancrée en lui.

Avec un soupir, il se leva et retourna à la chambre. La femme était toujours dans la même position. Peut-être s'était-elle replongée dans sa léthargie.

Debout près du lit, il la considérait avec attention. Ruth... Il se posait tellement de questions à son sujet. Pourtant, il craignait presque d'apprendre la vérité car si elle était pareille aux autres, il n'y aurait qu'une issue possible. Quand on doit tuer quelqu'un, mieux vaut en savoir le moins possible sur lui.

Ses mains se crispèrent tandis qu'il la contemplait de son regard bleu et morne. Et s'il y avait eu méprise ? Si elle s'était éveillée juste le temps de partir au hasard le long des rues ? Pourtant, à sa connaissance, la lumière du jour était la seule chose qui fût fatale au germe. Alors, pourquoi n'était-il toujours pas convaincu ?

Il n'y avait qu'un moyen d'en avoir le cœur net.

Il se pencha vers le lit et posa la main sur l'épaule de la femme.

« Réveillez-vous », dit-il.

Elle ne bougea pas. Il pressa un peu plus fort sa tendre épaule.

C'est alors qu'il remarqua la chaînette en or autour de son cou. La pinçant entre ses gros doigts malhabiles, il la tira de son décolleté.

Comme il examinait la minuscule croix en or, elle s'éveilla et enfouit aussitôt sa tête dans l'oreiller. Au moins, elle n'est pas comateuse, pensa-t-il machinalement.

«Qu'est-ce... qu'est-ce que vous faites?» demanda-t-elle avec un filet de voix.

Dès qu'elle lui adressait la parole, il sentait fondre ses réticences. Le son de la voix humaine lui était devenu tellement étranger qu'il avait acquis sur lui un pouvoir jusqu'alors inconnu.

«Je... rien», se défendit-il.

Maladroitement, il recula d'un pas et s'appuya contre le mur. Il resta un moment de plus à la dévisager, puis il demanda: «D'où êtes-vous?»

Elle lui opposa un regard dénué d'expression.

«Je vous ai demandé d'où vous étiez», insista-t-il.

Comme elle persistait dans son mutisme, il se détacha du mur avec une expression sévère.

«Ing-Inglewood», répondit-elle en hâte.

Il la dévisagea froidement puis se radossa au mur.

«Je vois, dit-il. Est-ce que... Vous viviez seule?

— Non, avec mon mari.

— Et votre mari, où est-il?»

Neville vit sa gorge se contracter. «Il est mort.

— Quand?

— La semaine dernière.

— Qu'est-ce que vous avez fait ensuite?

— Je me suis enfuie.» Elle se mordit la lèvre.

«Vous voulez dire que vous avez marché pendant tout ce temps?

— Ou-oui.»

Il la regarda sans un mot. Puis tout à coup, il quitta la chambre et se dirigea vers la cuisine d'un pas pesant. Là, il prit dans un placard une poignée de gousses d'ail, les posa sur une assiette et les coupa en petits morceaux qu'il écrasa en une espèce de pulpe. L'odeur âcre agressa ses narines.

Le temps qu'il regagnât la chambre, elle s'était dressée sur un coude. Sans hésiter, il lui colla l'assiette sous le nez.

Elle se détourna avec un petit cri.

« Qu'est-ce que vous faites ? demanda-t-elle, puis elle toussa.

— Et vous, pourquoi avez-vous détourné la tête ?

— Je vous en prie…

— Pourquoi ?

— Ça sent mauvais ! fit-elle dans un sanglot. Arrêtez ! Ça me soulève l'estomac ! »

Il approcha encore plus l'assiette. Avec un haut-le-cœur, elle recula contre le mur, ramenant ses jambes sur le lit.

« Arrêtez ! supplia-t-elle. Par pitié ! »

Il éloigna l'assiette et la regarda se tordre, en proie à une terrible nausée.

« Vous êtes des leurs » déclara-t-il avec une cruauté glaciale.

Elle sauta sur ses pieds et se précipita vers la salle de bains, claquant la porte derrière elle. Peu après, il l'entendit vomir.

Il posa l'assiette sur la table de chevet.

Elle était contaminée ; l'expérience était concluante. Depuis plus d'un an, il savait que tout organisme infecté par le bacille vampiris était allergique à l'odeur de l'ail, qui déclenchait chez lui une réaction anormale de rejet. Cela expliquait l'innocuité des injections intraveineuses : il fallait que le vampire soit exposé à l'odeur.

Il se laissa tomber sur le lit. La réaction de la femme était pire qu'un aveu.

Après un moment de réflexion, il fronça les sourcils. Si elle avait dit la vérité, la semaine d'errance qu'elle venait de connaître avait dû la laisser épuisée, affaiblie. Dans ces conditions, il était légitime que l'odeur dégagée par une pleine assiette d'ail lui soulevât le cœur.

Il frappa le matelas du poing. Dans ce cas, sa réaction ne prouvait rien et il ne pouvait en tirer de conclusion objective. C'était chez lui un principe inébranlable, fruit d'une expérience amère.

Il n'avait pas bougé quand elle ressortit de la salle de bains. Elle resta un moment dans le couloir à le regarder, puis gagna le séjour. Il se leva alors et la suivit. À son entrée, il la trouva assise sur le canapé.

« Vous êtes satisfait ? lui lança-t-elle.

— N'inversez pas les rôles, répliqua-t-il. C'est à vous, pas à moi, de prouver votre bonne foi. »

Elle le fusilla du regard, comme si elle comptait riposter, puis ses épaules s'affaissèrent et elle secoua la tête. Durant une seconde, Neville sentit la compassion l'envahir. Elle avait l'air tellement désarmée, avec ses petites mains posées sur ses cuisses. Elle ne se souciait plus de sa robe déchirée. Neville ne pouvait s'empêcher de lorgner sa poitrine menue, presque inexistante. Rien à voir avec la femme de ses fantasmes. Laisse tomber, se dit-il. Ça ne veut plus rien dire, tout ça.

Il s'assit dans le fauteuil en face d'elle. Elle garda les yeux baissés.

« Écoutez-moi, lui dit-il alors. J'ai tout lieu de

croire que vous êtes contaminée, surtout depuis
que je vous ai vue réagir à l'ail. »

Elle resta muette.

« Vous n'avez rien à me dire ? »

Elle releva la tête.

« Vous pensez que je suis des leurs, constata-
t-elle.

— Ce n'est qu'une hypothèse.

— Et ça, alors ? dit-elle en montrant la croix
qu'elle portait en pendentif.

— Ça ne prouve rien.

— Je suis bien réveillée, dit-elle. Je ne suis pas
dans le coma. »

Du coup, ce fut au tour de Neville de rester
sans voix. À défaut de dissiper ses doutes, l'argu-
ment semblait imparable.

« Je suis souvent allé à Inglewood, dit-il enfin.
Comment se fait-il que vous n'ayez jamais entendu
ma voiture ?

— Inglewood est vaste. »

Il la fixait d'un regard inquisiteur en pianotant
sur l'accoudoir de son fauteuil.

« Je… j'aimerais vous croire, dit-il.

— En êtes-vous sûr ? » Prise d'une nouvelle
crampe d'estomac, elle se plia en deux. Robert
Neville se demanda pourquoi elle ne lui inspirait
pas plus de pitié. Une fois tarie, la source de
l'émotion ne saurait se remettre à couler. À présent, il se sentait vide et incapable de sentiment.

Au bout de quelques secondes, elle releva la
tête et le regarda durement.

« J'ai toujours eu l'estomac fragile, dit-elle. J'ai
vu mon mari mourir la semaine dernière, mis en

pièces sous mes yeux. J'ai perdu mes deux enfants durant l'épidémie. Et depuis huit jours, je marche au hasard, la peur au ventre, me cachant la nuit, me nourrissant du peu que je trouve, dormant à peine une heure ou deux de temps en temps. Là-dessus, je vous entends crier, vous vous lancez à ma poursuite, me frappez, m'entraînez chez vous. Et parce que l'assiette d'ail que vous me fourrez sous le nez me soulève le cœur, vous m'accusez d'être contaminée ! »

Ses mains tremblaient sur ses genoux.

« Comment voulez-vous que je réagisse ? » fit-elle d'un ton furieux.

Elle se laissa aller contre le dossier, les yeux clos, et tripota nerveusement sa robe. Elle tenta de remettre en place le morceau qui avait été déchiré et comme elle n'y arrivait pas, elle fondit en pleurs de rage.

À la regarder, Neville se sentit gagné par un vague sentiment de culpabilité, en dépit de ses soupçons. C'était plus fort que lui. Il n'avait plus l'habitude de voir pleurer une femme. Sans la quitter des yeux, il porta lentement la main à sa barbe et se mit à la tirailler pour masquer son embarras.

« Est-ce que… Vous voulez bien que je prenne un peu de votre sang ? demanda-t-il. Comme ça, je pourrais… »

Elle se leva brusquement et se rua vers la porte en titubant.

Neville se leva à son tour.

« Qu'est-ce que vous faites ? » demanda-t-il

Elle ne répondit pas, s'escrimant après le verrou.

«Vous ne pouvez pas sortir, reprit-il, surpris. D'ici quelques minutes, ils auront envahi les rues.

— Il n'est pas question que je reste, hoqueta-t-elle. Qu'est-ce que ça peut faire, s'ils me tuent ? »

Il l'empoigna par le bras ; elle se débattit.

«Laissez-moi ! hurla-t-elle. Je n'ai pas demandé à venir ici ; c'est vous qui m'y avez traînée. Est-ce que vous allez me laisser, oui ? »

Planté près d'elle tel un piquet, il ne savait quoi dire.

«Vous ne pouvez pas sortir», répéta-t-il.

Il la ramena au canapé et lui apporta un petit verre de whisky. Peu importe qu'elle soit contaminée ou non, se dit-il. Peu importe...

Il lui tendit le verre. Elle secoua la tête.

«Buvez, lui dit-il. Ça vous calmera.

— Et après ? lui jeta-t-elle, hargneuse. Vous allez encore me coller votre ail sous le nez ? »

Il fit non de la tête.

«Buvez», reprit-il d'une voix plus ferme.

Elle finit par prendre le verre et but une gorgée qui la fit tousser. Puis elle posa le verre sur l'accoudoir et poussa un soupir interminable.

«Pourquoi tenez-vous tant à ce que je reste ? » demanda-t-elle d'un ton morne.

Neville la dévisagea le temps de préciser sa pensée, puis il dit : «Même si vous êtes contaminée, je ne peux vous laisser sortir. Vous n'avez pas idée de ce qu'ils vous feraient. »

Elle ferma les yeux. «Ça m'est égal», laissa-t-elle tomber.

Chapitre 17

«Quelque chose m'échappe, dit Neville tandis qu'ils dînaient. Près de trois ans se sont écoulés, et il y en a encore des vivants. Il ne reste presque plus de nourriture. Pour autant que je sache, ils sont plongés dans le coma durant la journée, mais ils ne sont pas morts. Au bout de trois ans! Qu'est-ce qui peut bien les maintenir en vie?»

Ruth était vêtue du peignoir de bain de Neville. Vers les cinq heures, apaisée, elle avait pris une douche et s'était changée. Son corps mince flottait dans le vaste peignoir en éponge. Elle lui avait également emprunté son peigne et s'était fait une queue de cheval attachée par un bout de ficelle.

«Il nous arrivait d'en voir, dit-elle en jouant avec sa tasse de café. Mais on avait peur de les approcher. On pensait qu'il valait mieux ne pas les toucher.

— Vous ne saviez pas qu'ils revenaient une fois morts?

— Non.

— Vous ne vous demandiez pas qui étaient ces gens qui attaquaient votre maison la nuit?

— Il ne nous est jamais venu à l'idée qu'ils pouvaient être…» Elle secoua lentement la tête. «Comment imaginer une chose pareille?

— En effet.»

Il la regardait à la dérobée tandis qu'ils mangeaient en silence. Comment croire, aussi, qu'elle était une femme normale? Comment croire, après toutes ces années, qu'il avait trouvé une compagne? Ce n'était pas seulement d'elle qu'il doutait, mais de la possibilité d'un tel miracle dans ce monde perdu.

«Parlez-moi encore d'eux», dit Ruth.

Il se leva pour prendre la cafetière sur la cuisinière, remplit leurs deux tasses puis se rassit.

«Comment vous sentez-vous, maintenant? lui demanda-t-il.

— Mieux, merci.»

Il acquiesça d'un signe de tête et versa du sucre dans sa tasse. Il sentait le regard de la femme fixé sur lui tandis qu'il remuait son café. À quoi pense-t-elle? se demanda-t-il. Il prit une profonde inspiration. Pourquoi sa tension ne se relâchait-elle pas? Un instant, il avait cru lui faire confiance. À présent, il ne savait plus.

«Vous n'avez toujours pas confiance en moi», remarqua-t-elle alors, à croire qu'elle lisait dans ses pensées.

Il releva vivement la tête, haussa les épaules.

«Je… Ce n'est pas ça.

— Bien sûr que si», dit-elle tranquillement. Elle soupira. «Si vous y tenez, faites-moi une prise de sang.»

Il lui lança un regard soupçonneux : était-ce un

piège ? Il but une gorgée de café pour dissimuler son trouble. C'était idiot, d'être méfiant à ce point !

« Bien, dit-il en reposant sa tasse. Très bien. Si vraiment vous êtes contaminée, ajouta-t-il comme elle baissait le nez, je ferai tout mon possible pour vous guérir.

— Et si vous ne le pouvez pas ? » demanda-t-elle en le regardant droit dans les yeux.

Il y eut un silence.

« On verra bien », dit-il enfin.

Quand ils eurent bu leurs cafés, il reprit : « Voulez-vous qu'on le fasse maintenant ?

— S'il vous plaît, plutôt demain. Je... je me sens encore un peu faible.

— D'accord, acquiesça-t-il. Disons, demain matin. »

Ils n'échangèrent plus un mot jusqu'à la fin du repas. Le fait qu'elle ait consenti à le laisser examiner son sang ne procurait à Neville qu'une mince satisfaction. Il craignait de découvrir qu'elle était effectivement contaminée. D'ici là, il avait toute une soirée et une nuit à passer près d'elle — de quoi faire plus ample connaissance et peut-être se sentir attiré par elle. Et si, le matin venu, il devait alors...

Plus tard, au séjour, ils s'assirent face au poster et burent du porto en écoutant la *Quatrième symphonie* de Schubert.

« Je n'arrive pas à y croire, dit Ruth en s'animant quelque peu. Je pensais ne plus jamais écouter de musique ni boire de porto. »

Elle regarda autour d'elle.

«Vous avez bien arrangé votre maison, remarqua-t-elle.

— Comment était-ce, chez vous?

— Rien à voir avec ici. Nous n'avions pas de…

— Comment faisiez-vous pour vous protéger? la coupa-t-il.

— Oh!» Elle réfléchit un instant. «Nous avions barricadé les fenêtres avec des planches, bien sûr. Et nous avions accroché des croix.

— Elles ne sont pas toujours efficaces», laissa-t-il tomber après l'avoir bien regardée.

Elle accusa le coup. «Ah?

— Pourquoi un Juif craindrait-il la croix? Beaucoup de gens redoutaient de devenir des vampires, et c'est pourquoi la plupart d'entre eux sont atteints de cécité hystérique devant les miroirs. Mais pour en revenir à la croix, il n'y a aucune raison qu'elle effraie un Juif, un hindou, un musulman ou un athée.»

Son verre à la main, elle le considérait avec des yeux inexpressifs.

«C'est pour ça que la croix ne marche pas à tous les coups, expliqua-t-il.

— Vous ne m'avez pas laissée finir, reprit-elle. On se servait d'ail, également…

— Je croyais que l'odeur vous rendait malade?

— J'étais déjà malade. Avant, mon poids était de soixante kilos. Maintenant, je n'en pèse plus que quarante-neuf.»

Il lui fit signe qu'il comprenait. Mais tandis qu'il allait chercher une autre bouteille dans la cuisine, il ne put s'empêcher de penser : depuis le temps, elle aurait dû s'y faire, non? Après trois ans…

Et pourquoi cela? Comment pouvait-il encore douter d'elle, alors qu'elle avait accepté qu'il analysât son sang? Quel choix avait-elle? C'est moi qui ne vais pas bien, se dit-il. J'ai vécu seul trop longtemps. À présent, je ne crois plus que ce que je vois au microscope. C'est l'hérédité qui parle. Je suis le digne fils de mon père, que le diable disperse ses cendres!

Tout en décachetant la bouteille avec l'ongle, il observait Ruth depuis la cuisine.

Ses yeux s'attardèrent sur ses seins presque invisibles sous le peignoir, puis remontèrent ses chevilles et ses mollets bronzés jusqu'à ses genoux polis. Elle avait un corps de jeune fille. On n'aurait jamais dit qu'elle avait porté deux enfants.

Le plus curieux, c'était qu'elle n'éveillait en lui aucun désir physique.

Si elle s'était présentée deux ans plus tôt, il l'aurait peut-être violée. Il avait vécu des moments terribles à l'époque, des moments où les moyens les plus extrêmes de remédier à son désir s'étaient présentés à son esprit, s'y enracinant jusqu'à le conduire au bord de la folie.

Dès ses premières expériences, il avait réduit sa consommation de tabac et cessé de boire de façon compulsive. De façon délibérée, et avec un succès pour le moins étonnant, il s'était immergé dans ses recherches.

Sa libido avait décliné pratiquement jusqu'à disparaître. C'est ce qui devait sauver les moines, pensa-t-il. Il fallait que l'instinct se mette tôt ou tard en sommeil, sans quoi aucun homme normal n'aurait pu se consacrer à une existence d'où le sexe était banni.

À présent, Dieu merci, le manque s'était à peu près tari, hormis un frémissement à peine percep tible sous la croûte de l'abstinence. Il était heureux que cela n'aille pas plus loin. D'autant qu'il n'était pas certain que Ruth fût la compagne qu'il avait espérée, ni même qu'il pût la laisser en vie plus de vingt-quatre heures. Quant à la guérir, il ne fallait pas y songer.

Il retourna dans le séjour, rapportant la bouteille débouchée. Elle lui adressa un bref sourire tandis qu'il la resservait.

« J'admirais la décoration de cette pièce, lui dit-elle. Pour un peu, on se croirait vraiment dans les bois. »

Il répondit d'un vague grognement.

« Ces aménagements ont dû vous demander beaucoup de travail, remarqua-t-elle.

— Vous devriez le savoir. Vous en êtes passés par là, non ?

— On ne peut pas comparer. Nous habitions une petite maison. Notre congélateur était moitié moins grand que le vôtre.

— Dans ce cas, vous avez dû épuiser rapidement vos réserves, dit-il en la dévisageant.

— Seulement de surgelés. Après, nous nous sommes nourris de conserves. »

Il acquiesça. C'était logique, il ne pouvait le nier. Pourtant, quelque chose le tracassait dans ses réponses ; c'était comme une intuition.

« Et comment faisiez-vous pour l'eau ? »

Elle le regarda un moment sans répondre.

«Vous ne croyez pas un mot de ce que je raconte, pas vrai? dit-elle enfin.

— Pas du tout, se récria-t-il. Je suis seulement curieux de savoir comment vous viviez.

— Votre voix vous trahit. Vous avez vécu seul trop longtemps. Vous ne savez plus jouer la comédie.»

Il avait le sentiment désagréable qu'elle se jouait de lui. C'est ridicule, essaya-t-il de se raisonner. C'est une femme, après tout. Sans doute a-t-elle raison et suis-je un ours mal léché. Et après?

«Parlez-moi de votre mari», lui dit-il de but en blanc.

L'ombre d'un souvenir glissa sur le visage de Ruth. Elle porta le verre empli de liqueur sombre à ses lèvres.

«Je vous en prie, pas maintenant», murmura-t-elle.

Il s'enfonça dans le canapé, incapable de préciser les raisons de son malaise. Tout ce qu'elle disait ou faisait pouvait s'expliquer par les épreuves qu'elle avait subies, à moins que ce ne fussent des mensonges.

À quoi cela lui servirait-il de mentir? se demanda-t-il. D'ici quelques heures, j'aurai examiné son sang et je saurai la vérité.

«Vous savez à quoi je pense? dit-il, histoire de détendre l'atmosphère. Si trois personnes ont réussi à survivre à l'épidémie, pourquoi n'y en aurait-il pas davantage?

— Vous croyez que c'est possible?

— Pourquoi pas?

— Parlez-moi encore de la maladie», dit-elle.

Il hésita une seconde, puis reposa son verre. Fallait-il tout lui dire ? Que se passerait-il si elle s'échappait et revenait une fois morte, forte du savoir qu'il lui aurait transmis ?

« Le sujet est vaste, dit-il.

— Ce que vous disiez au sujet de la croix, comment l'avez-vous vérifié ?

— Je vous ai parlé de Ben Cortman, vous vous rappelez ? » demanda-t-il, soulagé de revenir sur quelque chose qu'elle savait déjà, plutôt que de lui dévoiler du neuf.

« C'est cet homme que vous...

— Oui. Venez, dit-il en se levant. Je vais vous le montrer »

Tandis qu'elle regardait par le judas, l'odeur de ses cheveux, de sa peau, parvint à Neville, debout derrière elle. Il fit un pas en arrière. Comme c'est curieux, se dit-il. L'odeur humaine m'est désagréable, comme à Gulliver après son voyage chez les chevaux-pensants.

« C'est lui, là, près du lampadaire », indiqua-t-il.

Elle fit signe qu'elle avait vu, puis remarqua : « Ils ne sont pas nombreux. Où sont les autres ?

— J'en ai tué beaucoup, mais il en reste encore pas mal.

— Mais, ce lampadaire... Je croyais qu'ils avaient détruit les installations électriques ?

— Je l'ai branché sur mon groupe électrogène, afin de les surveiller.

— Ils ne cassent jamais l'ampoule ?

— Le globe est en verre très résistant, et j'ai garni le pylône de gousses d'ail pour les empêcher d'y grimper.

— Vous avez pensé à tout», dit-elle.

S'écartant d'elle, il la considéra avec perplexité. Comment peut-elle être aussi calme, se demanda-t-il, me questionner, faire des commentaires, alors qu'elle les a vus massacrer son mari il y a moins d'une semaine ? De nouveau des soupçons... Cela ne cessera donc jamais ?

Mais il savait qu'il en serait ainsi tant qu'il n'aurait pas eu la preuve de sa bonne foi.

Elle se retourna vers lui, disant :

«Voulez-vous m'excuser un instant ? »

Il la suivit des yeux tandis qu'elle se rendait à la salle de bains et l'entendit tourner la clé dans la serrure. Il referma le judas puis regagna le canapé, un sourire aux lèvres. Là, il se perdit dans la contemplation de la robe fauve du porto en tirant machinalement sur sa barbe.

Voulez-vous m'excuser un instant ?

Il y avait quelque chose de grotesque et de comique dans cette formule d'un autre âge. On aurait dit Emily Post[1] batifolant en plein cimetière, ou une citation d'un traité de savoir-vivre pour jeunes vampires...

Tout à coup, son sourire s'effaça.

Qu'est-ce que l'avenir lui réservait ? Dans une semaine, serait-elle toujours à ses côtés ou en train de se recroqueviller dans les flammes du crématoire ?

S'il s'avérait qu'elle était contaminée, il devrait

---

1. Écrivain, journaliste et chroniqueuse (1873-1960), considérée aux États-Unis comme la plus haute autorité en matière d'étiquette et de savoir-vivre *(N.d.T.)*.

tout mettre en œuvre pour la guérir, que cela mar-
chât ou non. Mais si elle ne l'était pas ? Dans un
sens, cette perspective était la plus angoissante.
Dans le cas contraire, il continuerait de vivre
comme précédemment, sans rien changer à ses
habitudes. Mais si elle restait, si une relation
se nouait entre eux, qui sait, s'ils avaient des
enfants...

C'était bien ça, le plus terrifiant.

Brusquement, il se rendit compte qu'il était
devenu un vieux garçon invétéré et irascible. Il ne
pensait plus à sa femme, à sa fille, à sa vie passée.
Le présent lui suffisait. Et l'idée qu'on pût lui
demander de faire des sacrifices et d'accepter de
nouvelles responsabilités l'effrayait. Il redoutait
d'ôter les chaînes qu'il avait forgées autour de son
cœur pour y emprisonner ses émotions. Il avait
peur d'aimer à nouveau.

Il était toujours plongé dans ses réflexions
quand Ruth revint de la salle de bains. Un raclement ténu s'échappait de l'électrophone, sans
qu'il y prêtât attention.

Ruth souleva le disque du plateau et le retourna.
Le troisième mouvement de la symphonie démarra
aussitôt.

« Vous alliez me parler de Cortman », dit-elle
en s'asseyant.

Il la regarda d'un air absent. « Cortman ? Ah !
oui... Eh bien, une nuit, je l'ai amené ici et lui ai
fait voir une croix.

— Que s'est-il passé ? »

Et si je la tuais maintenant ? Sans même chercher à savoir... Si je la tuais et la brûlais ?

Il frissonna. De telles pensées confortaient la vision qu'il avait du monde, un monde horrible où le meurtre paraissait plus simple que l'espoir.

Je ne suis quand même pas tombé si bas, réagit-il. Je suis un homme, pas un assassin.

« Qu'est-ce qu'il y a ? questionna Ruth avec inquiétude.

— Quoi ?

— Vous étiez là, à me regarder fixement...

— Désolé, dit-il d'un ton glacial. Je... je réfléchissais. »

Après cela, elle ne dit plus rien. Quand elle leva son verre pour boire, il remarqua que sa main tremblait. Il s'obligea à faire taire ses pensées, de crainte qu'elle les devinât.

« Quand j'ai montré la croix à Cortman, reprit-il, il m'a ri au nez. Mais ensuite, j'ai obtenu la réaction que j'escomptais en lui mettant une torah devant les yeux.

— Une quoi ?

— Une torah. Quelque chose comme les Tables de la Loi, je crois.

— Et c'est... ça qui l'a fait réagir ?

— Oui. Je l'avais attaché mais quand il a vu la torah, il a brisé ses liens et s'est jeté sur moi.

— Et alors ? » Elle semblait avoir oublié sa frayeur.

« Il m'a donné un coup sur la tête avec je ne sais quoi. J'étais presque K.-O. Mais j'ai réussi à le repousser jusqu'à la porte et à m'en débarrasser rien qu'en lui montrant la torah.

— Oh !

— Ainsi, comme vous le voyez, la croix n'a pas

le pouvoir que lui attribue la légende. Le fait que cette légende soit née en Europe, un continent marqué par une prédominance catholique, explique selon moi que la croix soit devenue le symbole de la lutte contre les puissances des ténèbres.

— Vous n'avez pas essayé d'abattre Cortman avec votre pistolet ?

— Comment savez-vous que j'en ai un ?

— Je... je l'ai supposé. Nous-mêmes en avions plusieurs.

— Dans ce cas, vous devez savoir que les balles sont inefficaces contre les vampires.

— Nous... nous n'étions pas très sûrs. » Elle se hâta de poursuivre : « Savez-vous pourquoi il en est ainsi ?

— Non », dit-il en secouant la tête.

Durant quelques minutes, ils écoutèrent la musique sans rien dire.

Bien entendu, il savait à propos des balles, mais ses soupçons lui interdisaient d'en parler.

Ses expériences sur les vampires morts lui avaient révélé que le bacille provoquait la sécrétion d'une substance organique très puissante, qui obstruait presque immédiatement les blessures par balles. Celles-ci ne causaient aucun dommage à l'intérieur du corps, l'organisme étant maintenu en activité par les germes. En fait, ce système pouvait absorber un nombre incalculable de balles, la substance empêchant celles-ci de pénétrer au-delà de quelques dixièmes de millimètres. Tirer sur des vampires équivalait à jeter des cailloux dans un baril de goudron.

Tandis qu'il la regardait, elle arrangea les plis de son peignoir autour de ses jambes, lui dévoilant un bout de sa cuisse bronzée. Loin de l'exciter, son geste l'agaça. Voilà bien un geste typiquement féminin, se dit-il ; un mouvement affecté.

Chaque minute qui passait semblait l'éloigner un peu plus d'elle. Il regrettait presque leur rencontre. Au fil des ans, il s'était hissé à un certain degré de sérénité. Il avait fini par accepter sa solitude, y trouvant même de l'agrément Mais voilà... Fini, tout ça.

Afin de s'occuper les mains, il prit sa pipe, la bourra de tabac et l'alluma. Il envisagea un instant de lui demander la permission et décida finalement de s'en passer.

Quand la musique s'arrêta, Ruth se leva. Neville l'observa tandis qu'elle passait sa collection de disques en revue. Elle était si mince ; on aurait dit une gamine. Qui est-elle ? se demanda-t-il. Qui est-elle en réalité ?

« Je peux mettre ceci ? dit-elle.

— Si vous voulez », grogna-t-il sans même regarder le disque qu'elle lui montrait.

Elle se rassit juste comme s'élevaient les premiers accords du *Deuxième concerto pour piano* de Rachmaninov. Un choix pas très original, pensa-t-il en continuant de la regarder avec des yeux inexpressifs.

« Parlez-moi de vous », dit-elle.

Encore une manœuvre de femme, songea-t-il. Aussitôt, il se reprocha d'être trop caustique. À quoi cela l'avançait-il de toujours douter d'elle, sinon à le mettre de mauvaise humeur ?

«Il n'y a rien à en dire», répliqua-t-il.

Elle sourit. Elle se payait sa tête, ou quoi?

«Vous m'avez fichu une de ces frousses, cet après-midi, avec votre barbe en broussaille et votre air féroce...»

Il souffla la fumée de sa pipe. L'air féroce, lui? Ridicule! Si elle escomptait l'attendrir avec ses minauderies...

«Je me demande à quoi vous ressemblez, sans tous ces poils?»

Il essaya de sourire, sans y parvenir.

«À rien. J'ai une physionomie tout ce qu'il y a d'ordinaire.

— Quel âge avez-vous, Robert?»

La gorge de Neville se serra. C'était la première fois qu'elle prononçait son nom. Il éprouvait une impression bizarre, presque une angoisse, à entendre son nom dans la bouche d'une femme après tout ce temps. Il faillit lui dire de ne pas l'appeler comme ça. Il tenait à garder ses distances. S'il s'avérait qu'elle était contaminée et qu'il ne puisse pas la guérir, il valait mieux qu'elle restât une étrangère.

Elle détourna la tête.

«Vous n'êtes pas obligé de me parler, murmura-t-elle. Je ne vous importunerai pas davantage. Je m'en irai demain.»

Neville sentit son cœur se serrer.

«Mais... commença-t-il.

— Je n'ai pas l'intention de vous gâcher l'existence, reprit-elle. Vous ne me devez rien, même si... nous sommes les derniers.»

Ces paroles firent naître en lui une pointe de

remords. Tu n'as aucune raison de douter, se répéta-t-il. Si elle est contaminée, elle n'en sortira pas vivante de toute manière. Alors, qu'as-tu à craindre ?

« Je vous demande pardon, dit-il. Je... j'ai été seul si longtemps... »

Elle garda la tête baissée.

« Si vous voulez qu'on parle, poursuivit-il, je me ferai une joie de... de vous dire tout ce que vous voudrez savoir. »

Elle hésita une seconde, puis leva vers lui un regard plein de défiance.

« J'aimerais en savoir plus sur la maladie, dit-elle. À cause d'elle, j'ai perdu mes deux petites filles et mon mari. »

Il la considéra un moment puis se décida à répondre :

« Elle est causée par un bacille, une bactérie cylindrique créant dans le sang une solution isotonique. Sa présence ralentit la circulation sanguine sans que les autres fonctions du corps en soient affectées. Le bacille se nourrit de sang frais et procure à l'organisme l'énergie dont il a besoin. Privé de sang, il se détruit lui-même en produisant des bactériophages ou a recours à la sporulation. »

À son expression interloquée, il se rendit compte qu'elle ne pouvait le comprendre : les termes qui lui étaient finalement devenus familiers n'en demeuraient pas pour autant moins complexes.

« La sporulation, expliqua-t-il, c'est la production de corps arrondis contenant les éléments essentiels de la bactérie à l'état végétatif. C'est ce que fait le germe quand il manque de sang frais. De sorte que lorsque leur hôte se décompose, ces spores essaiment et se mettent en quête d'un autre organisme susceptible de les abriter. Lorsqu'elles l'ont trouvé, elles germent et infectent leur nouvel hôte.»

Elle secoua la tête d'un air incrédule.

«Quant aux bactériophages, ce sont des protéines inanimées. Mais à l'inverse des spores, ils agissent sur le métabolisme de telle manière qu'ils entraînent la destruction des cellules.»

Il évoqua ensuite le rôle du système lymphatique dans l'élimination des déchets, l'anaphylaxie causée par l'allergie à l'ail, les différents vecteurs de la maladie.

«Comment se fait-il que nous soyons immunisés contre elle?» interrogea Ruth.

Il la considéra longuement, hésitant à répondre. «Dans votre cas, je n'en sais rien, dit-il enfin. En ce qui me concerne, j'ai été mordu par une chauve-souris vampire au Panamá, durant la guerre. Même si je ne puis pas le prouver, je suppose que celle-ci avait préalablement contracté le bacille au contact d'un vrai vampire. C'est pourquoi, selon moi, elle recherchait le sang humain plutôt que celui des animaux. Mais le temps que le germe passe dans mon sang, pour une raison que j'ignore, sa virulence avait été amoindrie par son séjour dans l'organisme de la chauve-souris. J'ai été terriblement malade mais je ne suis pas mort et en fin de compte, j'y ai gagné une immunité contre le bacille. Telle est mon explication, en tout cas. Je n'en vois pas d'autre

— Mais… la même chose ne pourrait-elle pas être arrivée à d'autres ?

— Je l'ignore. J'ai tué la chauve-souris. Peut-être étais-je le premier humain qu'elle attaquait », acheva-t-il avec un haussement d'épaules.

Elle le regardait fixement sans rien dire. Il continua de discourir, moins par envie que pour dissiper le malaise que lui causait cet examen.

En quelques mots, il lui fit part du principal obstacle auquel il s'était heurté au cours de son étude des vampires.

« Les premiers temps, me fondant sur la légende, j'étais persuadé de les toucher en plein cœur chaque fois. Puis j'ai découvert qu'il n'en était rien : quel que soit l'endroit où je plantais mon pieu, ils mouraient. J'ai alors cru que c'était d'hémorragie. Mais un jour… »

Il lui parla de la femme qui s'était littéralement décomposée sous ses yeux.

« Ce n'était donc pas l'hémorragie qui les tuait », poursuivit-il. Il éprouvait une sorte de jubilation à relater ses découvertes. « Je ne savais plus que penser. Et un jour, tout s'est éclairé.

— Comment ?

— J'ai pris un vampire mort. J'ai enfermé son bras dans une cloche à vide et l'ai piqué. Le sang a jailli. » Il marqua une pause. « Sans plus. Vous ne comprenez pas, reprit-il comme elle le fixait avec des yeux ronds.

— Euh… non, avoua-t-elle.

— Lorsque j'ai laissé l'air pénétrer dans la cloche, le bras s'est décomposé. »

Elle continua à le regarder avec la même expression.

« Voyez-vous, le bacille est ce qu'on appelle un saprophyte facultatif. Il peut vivre avec ou sans oxygène, avec toutefois une différence : à l'intérieur de l'organisme, il est anaérobie et établit une symbiose avec le système tout entier. Le vampire lui procure du sang frais, le bacille fournit au vampire l'énergie nécessaire à son activité de chasseur. Incidemment, il provoque aussi une croissance anormale des canines.

— Ah ?

— Mais dès lors qu'il pénètre de l'air, la situation se modifie instantanément. Le germe devient aérobie et la symbiose cède la place à un parasitisme des plus virulents. » Il laissa un nouveau silence. « Autrement dit, le bacille dévore son hôte.

— Dans ce cas, le pieu...

— C'est ça : il laisse entrer l'air et en maintenant la plaie béante, il empêche la substance cicatrisante d'agir. » Il ajouta avec un demi-sourire « Quand je pense à tout le temps que j'ai perdu à fabriquer des pieux ! »

Elle acquiesça. Elle s'aperçut alors qu'elle avait gardé son verre à la main et le reposa.

« Voilà pourquoi cette femme s'est si vite décomposée, reprit Neville. Elle était morte depuis si longtemps que lorsque l'air a pénétré dans son organisme, les germes ont causé une putréfaction spontanée. »

Ruth frissonna de la tête aux pieds.

« C'est horrible », murmura-t-elle.

Il lui jeta un regard surpris. Horrible ? Ce mot

ne lui était pas venu à l'esprit depuis des années ;
la notion même qu'il recouvrait était devenue
obsolète à ses yeux. La surenchère dans l'horreur
culmine dans le cliché. Aux yeux de Neville, la
situation était purement factuelle ; il n'était pas
besoin d'adjectifs pour la qualifier.

« Et ceux qui… qui sont toujours vivants ? questionna Ruth.

— Eh bien, lorsqu'on leur entaille les poignets,
le germe devient automatiquement parasitaire.
Mais la plupart meurent simplement d'hémorragie.

— Simplement… ? »

Elle détourna brusquement la tête, les lèvres
serrées.

« Qu'est-ce qu'il y a ? demanda-t-il.

— R-rien… »

Il sourit.

« Vous savez, on s'habitue à ces choses. Il le
faut bien. »

Elle frissonna à nouveau et sa gorge lisse se
contracta.

« La jungle n'est pas l'endroit rêvé pour appliquer les principes de l'Évangile, reprit-il. C'est la
seule chose à faire, vous savez. Croyez-vous qu'il
soit préférable de les laisser mourir de la maladie,
pour les voir revenir ensuite sous une forme
autrement plus redoutable ? »

Elle joignit les mains et dit avec nervosité :
« Mais vous disiez que beaucoup d'entre eux
sont… sont toujours en vie. Qui vous dit qu'ils ne
vont pas le rester ?

— Je le sais, affirma-t-il. Je connais le bacille,
je sais comment il se multiplie. Si longtemps qu'ils

lui résistent, il finira toujours par avoir le dessus. J'ai mis au point des antibiotiques, je les ai testés sur des dizaines d'entre eux, en vain. Ils sont trop atteints pour qu'un vaccin agisse sur eux. Leur organisme ne peut pas à la fois combattre les germes et fabriquer des anticorps. Il n'y a pas de solution, vous pouvez me croire. Si je ne les tue pas, tôt ou tard ils mourront et reviendront pour me tuer. Je n'ai vraiment pas le choix.»

Le silence retomba, juste troublé par le frottement de la pointe de l'électrophone. Ruth gardait les yeux obstinément baissés, fixant le plancher d'un air morne. Il s'étonna d'éprouver le besoin de justifier des actes qui hier encore lui apparaissaient comme une nécessité inéluctable. Au cours de ces trois années, l'idée qu'il ait pu avoir tort ne l'avait pas effleuré une seule fois. C'était la présence de la femme qui lui inspirait ces pensées bizarres.

«Vous trouvez que c'est mal, ce que je fais-là?» demanda-t-il avec une pointe d'incrédulité.

Au lieu de répondre, elle se mordit la lèvre.

«Ruth, franchement…?

— Ce n'est pas à moi de le dire», laissa-t-elle tomber.

Chapitre 18

«Virginia!»

La forme sombre recula jusqu'au mur quand le cri rauque de Robert Neville déchira le silence de la nuit.

Il se dressa sur le canapé et son regard voilé de sommeil tenta de percer l'obscurité. Son cœur cognait dans sa poitrine, tel un forcené martelant de ses poings la muraille d'un donjon.

Il se leva avec effort, la tête embrumée, ignorant quelle heure il était et où il se trouvait.

«Virginia, répéta-t-il d'une voix ténue et chevrotante.

— C'est... c'est moi», balbutia quelqu'un dans l'ombre.

Vacillant sur ses jambes, il fit un pas en direction du rai de lumière qui pénétrait par le judas. Il clignait les yeux, ébloui.

La femme étouffa un cri quand il la saisit par l'épaule.

«C'est moi, Ruth», précisa-t-elle dans un murmure affolé.

Il se dandina, considérant d'un air stupide la silhouette qui se dressait devant lui.

« C'est Ruth », répéta-t-elle un peu plus fort.

Son réveil fut aussi brutal qu'un jet d'eau sous pression le frappant en pleine figure. Une main de glace lui étreignit le cœur et l'estomac. Ce n'était pas Virginia. Il s'ébroua, se frotta les paupières de ses doigts tremblants.

« Oh ! marmonna-t-il. Je… »

Il continua de se balancer dans le noir tandis que la brume se dissipait dans son esprit.

Il regarda le judas ouvert, puis la femme.

« Qu'est-ce que vous fabriquiez ? fit-il d'une voix pâteuse.

— Rien, répondit-elle précipitamment. Je… je n'arrivais pas à dormir. »

Il ferma les yeux, tout à coup aveuglé. Lâchant l'interrupteur, il fit alors volte-face. Adossée au mur, Ruth serrait les poings et clignait des paupières, également éblouie.

« Pourquoi êtes-vous tout habillée ? » s'exclama Neville, surpris.

Ruth fixa son regard sur lui. Il se frotta à nouveau les yeux et lissa ses cheveux sur ses tempes.

« Je regardais… dehors.

— Mais pourquoi vous êtes-vous habillée ?

— Je ne pouvais pas dormir. »

Encore un peu groggy, il sentait son rythme cardiaque ralentir peu à peu. Le judas ouvert laissait pénétrer les vociférations des vampires ; il entendit Cortman l'interpeller comme à son habitude. Poussant le volet de bois, il se retourna vers Rutn.

« J'attends que vous m'expliquiez ce que vous faites tout habillée, insista-t-il.

— Il n'y a pas de raison à cela.

— Vous aviez l'intention de filer pendant mon sommeil ?

— Non, je. .

— Répondez ! »

Il la saisit par le poignet, lui arrachant un cri.

« Non, non, protesta-t-elle. Comment voulez-vous… Avec ceux-là, dehors ? »

Il respirait bruyamment, scrutant son visage apeuré. Tout à coup, sa gorge se serra au souvenir du choc qu'il avait eu à son réveil, quand il l'avait prise pour Virginia.

Brusquement, il la lâcha et lui tourna le dos. Et lui qui se croyait guéri… Le passé n'en finirait donc jamais de mourir ?

Sans rien dire, elle le regarda se verser un verre de whisky et l'avaler convulsivement. Virginia, gémit-il dans son for intérieur. Tu es toujours présente… Il ferma les yeux.

« C'est comme ça qu'elle s'appelait ? »

Neville se raidit, puis ses muscles se relâchèrent et il dit d'une voix atone :

« C'est bon. Allez vous coucher. »

Elle se plaqua un peu plus contre le mur. « Pardon, dit-elle. Je ne voulais pas… »

Soudain, il s'avisa qu'il n'avait pas envie qu'elle le laisse, mais qu'elle demeure là, près de lui. Pour une raison qui lui échappait, il craignait de rester seul.

« Je vous ai prise pour ma femme, confessa-t-il. À mon réveil, j'ai cru… »

Il prit une gorgée de whisky, avala de travers et se mit à tousser. Ruth écoutait, blottie dans la pénombre.

«Elle est revenue, voyez-vous. Je l'avais enterrée, mais une nuit elle est revenue. Elle semblait… un peu comme vous en ce moment : une simple silhouette, une ombre. Elle était morte. J'ai essayé de la garder près de moi, mais elle avait changé. Tout ce qu'elle voulait, c'était…»

Il étouffa un sanglot.

«Elle était revenue pour boire mon sang!»

Il posa brutalement le verre vide sur le plateau du bar puis, ne tenant pas en place, il s'approcha du judas pour revenir aussitôt s'appuyer au bar.

«J'ai dû lui faire la même chose qu'aux autres. À ma propre femme…» Il déglutit. «Je lui ai planté un pieu dans le cœur, reprit-il d'une voix terrible. Je ne voyais pas d'autre issue. Je…»

Il ne put achever. Il resta un long moment à frissonner, les yeux clos. Enfin, il reprit :

«Cela s'est passé il y a presque trois ans, et j'y pense toujours. Comment faire autrement?» Il abattit son poing sur le bar, mis au supplice par cette évocation. «On a beau essayer, il n'y a pas moyen d'oublier, ni d'accepter, ni d'échapper au passé!»

Il passa une main tremblante dans ses cheveux.

«Je sais ce que vous pensez. C'est vrai qu'au début, je me suis méfié de vous. Je vivais tranquille, à l'abri dans ma coquille. Et puis…» Il secoua la tête d'un air résigné. «En une seconde, tout s'est écroulé. Finis la paix, la sécurité, les compromis.

— Robert...»

La voix de Ruth trahissait la même lassitude, le même désarroi que la sienne.

«Qu'avons-nous fait pour mériter ce châtiment ? demanda-t-elle.

— Je n'en sais rien, dit-il en soupirant amèrement. Il n'y a pas d'explication, pas de réponse. C'est ainsi.»

Elle était près de lui, à présent. Et tout à coup, balayant sa réserve et ses hésitations, il l'attira contre lui et ils ne furent plus que deux enfants perdus se serrant l'un contre l'autre dans l'infini de la nuit.

«Robert, Robert...»

Elle l'étreignit éperdument, lui frottant et lui caressant le dos, tandis qu'il pressait ses paupières closes contre ses cheveux doux et tièdes.

Leurs lèvres se joignirent et il sentit les bras de Ruth se nouer autour de son cou.

Puis ils restèrent longtemps dans le noir, blottis l'un contre l'autre, comme si toute la chaleur du monde s'était réfugiée dans leurs corps. Les grandes mains de Neville caressaient maladroitement les cheveux de Ruth, plongeant dans ses boucles soyeuses.

«Ruth, je te demande pardon.

— Pourquoi ?

— D'avoir été si cruel, de ne pas t'avoir crue...»

Elle garda le silence, se serrant plus fort contre lui.

«Oh ! Robert, murmura-t-elle alors. C'est si injuste... Pourquoi sommes-nous encore en vie ? Il vaudrait mieux que nous soyons tous morts.

— Chut ! chut ! » fredonna-t-il, le cœur et l'âme débordant d'une tendresse toute neuve pour elle. « Tout ira bien, maintenant. »

Il la sentit bouger la tête contre son épaule, marquant ainsi son incrédulité.

« Mais si, mais si, assura-t-il.

— Comment serait-ce possible ?

— Je te dis que tout ira bien », répéta-t-il, sachant combien cela paraissait peu probable. Il était conscient que ses paroles lui étaient inspirées par l'abandon qu'il ressentait.

« Non, dit-elle. C'est impossible.

— Mais si, Ruth. »

Depuis quand étaient-ils ainsi ? Il avait perdu toute notion du temps et de l'espace. Plus rien n'existait hormis eux deux et le besoin qu'ils avaient l'un de l'autre. Eux, les derniers survivants de cet horrible cauchemar, enlacés et unis dans la joie de s'être enfin trouvés.

Tout à coup, il eut le désir de faire quelque chose pour elle.

« Viens, dit-il. Nous allons examiner ton sang. »

Elle se raidit dans ses bras.

« N'aie pas peur, dit-il pour la rassurer. Je suis sûr qu'on ne trouvera rien. Et même s'il y a quelque chose, je te guérirai. Je te le jure, Ruth. »

Il devinait son regard posé sur lui malgré l'obscurité. Elle ne desserra pas les lèvres. Il se leva et la força à en faire autant, bouillonnant d'une ardeur qu'il n'avait pas connue depuis des années. Il brûlait de l'aider, de la guérir.

« Viens, insista-t-il. Je ne te ferai pas de mal, c'est promis. Mais il faut qu'on sache. Alors, on pourra faire des projets et se mettre au travail. Je te sauverai, Ruth, ou je mourrai avec toi. Allez, viens», ajouta-t-il comme elle résistait toujours.

Ses forces semblaient l'avoir abandonné en même temps que sa réserve, et il tremblait comme un vieillard débile.

Il l'entraîna dans la chambre. Là, en pleine lumière, il vit à quel point elle avait peur. Il l'attira contre lui, lui caressa les cheveux.

«Ne crains rien, Ruth. Quoi qu'on trouve, je te promets que tout ira bien. Tu comprends?»

Il la fit asseoir sur un tabouret. Les traits figés, secouée de tressaillements nerveux, elle le regarda stériliser une aiguille à la flamme d'un bec Bunsen.

Il se pencha vers elle et déposa un baiser sur sa joue.

Elle ferma les yeux lorsqu'il planta l'aiguille dans son pouce. Il appuya à en avoir mal au doigt pour faire jaillir le sang et étala celui-ci sur une lame.

«Là, là», fit-il d'une voix anxieuse en pressant un morceau de coton sur la minuscule piqûre. Malgré ses efforts, il ne pouvait s'empêcher de trembler. Il eut le plus grand mal à préparer son échantillon et durant tout ce temps, il n'arrêta pas de sourire à Ruth dans l'espoir d'effacer la tension et la frayeur qui paraissaient sur son visage.

«N'aie pas peur, voyons, lui dit-il. Si tu es contaminée, je te guérirai. Tu peux avoir confiance, Ruth.»

Elle continua à le regarder s'affairer d'un air absent. Ses mains ne tenaient pas en repos sur ses genoux.

« Que feras-tu si... si je le suis ? demanda-t-elle tout à coup.

— Il est trop tôt pour le dire. Mais il y a plein de choses à tenter.

— Quoi ?

— Un vaccin, par exemple.

— Tu as dit que ça ne marchait pas, remarqua-t-elle d'une voix mal assurée.

— Oui, mais... » Il s'interrompit pour glisser la lame sous l'objectif du microscope.

« Robert, qu'est-ce qu'on peut faire ? »

Comme il s'inclinait vers l'oculaire, elle se laissa glisser du tabouret.

« Robert, ne regarde pas ! » le supplia-t-elle.

Mais il avait déjà vu.

Sans même s'en apercevoir, il suspendit sa respiration et tourna vers elle des yeux éteints.

« Ruth », murmura-t-il d'une voix brisée par la stupeur.

Le maillet de bois s'écrasa sur son front.

Une douleur fulgurante lui vrilla le crâne et sa jambe droite céda sous son poids. Il s'effondra, renversant le microscope. Comme son genou heurtait le sol, il leva vers elle un regard hébété et vit son visage déformé par la terreur. Le maillet tomba une deuxième fois, lui arrachant un cri. Il bascula en avant et se retrouva à quatre pattes. Un sanglot étouffé parvint à ses oreilles après avoir franchi une centaine de kilomètres.

« Ruth, souffla-t-il.

— Je t'avais dit de ne pas regarder ! » cria-t-elle.

Comme il tentait de se raccrocher à sa jambe,

elle abattit à nouveau le maillet, cette fois derrière le crâne.

«Ruth!»

Ses mains glissèrent le long des mollets de Ruth, traçant des sillons plus pâles dans son bronzage. Son front vint heurter le sol, ses doigts se crispèrent tandis que la nuit envahissait son cerveau.

Chapitre 19

Lorsqu'il ouvrit les yeux, la maison était silencieuse.

Il resta un moment à contempler le sol d'un œil vague, puis se redressa en grognant. Une nuée d'aiguilles lui transperça alors le crâne et il s'effondra sur le lino glacé, les mains plaquées sur sa tête douloureuse.

Il attendit plusieurs minutes et se releva progressivement, en se cramponnant à l'établi. Le sol tanguait sous lui quand il finit par se dresser sur ses jambes flageolantes, les yeux clos.

Au bout de quelques secondes, il gagna la salle de bains en titubant. Après s'être aspergé le visage d'eau froide, il s'assit au bord de la baignoire et appliqua une serviette mouillée sur son front.

Que s'était-il passé ? Ses yeux ne pouvaient s'empêcher de cligner en fixant le carrelage blanc.

Il se leva, se dirigea lentement vers le salon. Il était vide. La porte d'entrée entrebâillée laissait voir le gris de l'aube. Ruth était partie.

La mémoire lui revint alors. Il regagna la chambre en se tenant aux murs

Une lettre l'attendait sur l'établi, près du microscope renversé. Il prit la feuille de papier dans ses doigts gourds, s'écroula sur le lit et la tint devant ses yeux. Mais les lettres se brouillaient et se défilaient. Il secoua la tête, ferma les yeux quelques secondes et lut enfin :

Robert,
À présent, tu sais. Tu sais que je t'ai espionné et que presque tout ce que je t'ai dit était faux.
Je t'écris ceci, pourtant, parce que je désire te sauver, si c'est possible.
Quand on m'a chargée de t'espionner, ta vie m'importait peu. Car j'avais un mari, Robert : c'est toi qui l'as tué.
Maintenant, c'est différent. Je sais que tu étais forcé d'agir comme tu l'as fait, au moins autant que nous. En effet, nous sommes contaminés — mais, ça, tu le sais déjà. Ce que tu ne sais pas encore, c'est que nous ne mourrons pas. Nous avons trouvé un moyen de rester en vie et lentement mais sûrement, nous allons constituer une société nouvelle. Nous nous débarrasserons de ces malheureuses créatures dont la mort a fait des pantins. Et même si je le redoute, il se pourrait que nous décidions ta mort et celle de tes semblables.

Mes semblables ? songea Neville avec étonnement. Mais il poursuivit sa lecture :

Je ferai mon possible pour te sauver. Je leur dirai que tu es trop bien armé pour qu'on t'attaque

*maintenant. Profite de ce répit, Robert! Quitte ta
maison, gagne les montagnes et mets-toi en sûreté.
Nous ne sommes encore qu'une poignée. Mais tôt
ou tard, nous nous organiserons et rien de ce que je
pourrai dire alors n'empêchera les autres de te
détruire. Pour l'amour du ciel, Robert, pars tant
qu'il en est encore temps!*

*Peut-être ne le croiras-tu pas, mais nous suppor-
tons déjà de courtes expositions à la lumière du
jour (mon bronzage n'était qu'un maquillage, bien
sûr) et nous avons appris à vivre avec le bacille.*

C'est pourquoi je te laisse une de mes pilules.

*J'en ai pris tout le temps pendant que je suis res-
tée chez toi. Je les cachais dans ma ceinture. Tu
verras qu'elles sont à base de sang défébriné et de
je ne sais quelle autre substance. Le sang nourrit le
germe tandis que le médicament freine sa multipli-
cation. Cette découverte nous a sauvés de la mort et
nous aide à bâtir une nouvelle société.*

C'est la vérité, crois-moi. Et dépêche-toi de fuir!

*Pardonne-moi également de t'avoir frappé. Je ne
le voulais pas et cela m'a fait autant de mal qu'à
toi. Mais j'étais terrifiée à l'idée de ta réaction
quand tu saurais.*

*Pardonne-moi aussi de t'avoir dit tant de men-
songes. Mais je t'en prie, crois au moins ceci:
quand nous étions l'un tout contre l'autre dans le
noir, je ne t'espionnais plus. Je t'aimais.*

RUTH.

Il relut la lettre, puis son bras retomba et il
resta assis à fixer le sol d'un regard morne. Il n'ar-

rivait pas à le croire. Il secoua lentement la tête, s'efforçant en vain de comprendre.

Il s'approcha de l'établi, plaça la minuscule pilule couleur d'ambre sur sa paume et la renifla. Alors que la raison semblait le quitter peu à peu, il ressentit avec terreur que son existence entière s'effondrait.

Pourtant, comment nier l'évidence ? La pilule, son hâle qui s'était effacé sous ses doigts, leur rencontre en plein jour, sa réaction à l'ail...

Il se laissa tomber sur le tabouret et son regard se posa sur le maillet demeuré par terre. Lentement, avec effort, son esprit récapitulait les faits.

Lorsqu'elle l'avait vu pour la première fois, elle avait cherché à le fuir. Était-ce une ruse ? Non, sa frayeur paraissait authentique. Son cri avait dû la surprendre et malgré sa préparation, elle avait alors tout oublié de sa mission. Une fois calmée, elle l'avait persuadé que sa réaction à l'ail était le fait d'un estomac malade. À force de mensonges, de sourires et de soumission feinte, elle lui avait soutiré tous les renseignements qu'elle était venue chercher. Plus tard, elle avait voulu repartir mais en avait été empêchée par Cortman et les autres. C'est alors qu'il s'était réveillé. Il l'avait prise dans ses bras, ils avaient...

Il abattit son poing sur l'établi. Je t'aimais... Mensonge ! Mensonge ! Il fit une boule de la lettre et la balança avec amertume.

La colère fit exploser la douleur sous son crâne. Il prit sa tête dans ses mains et ferma les yeux, étouffant une plainte.

Enfin, il releva la tête, descendit du tabouret et alla redresser le microscope.

Le reste de la lettre ne mentait pas. Il n'avait nul besoin de pilule, de preuves, d'explications ni de se plonger dans ses souvenirs pour en être sûr. Il savait même des choses que Ruth et ses semblables paraissaient ignorer.

Il resta un long moment l'œil collé à l'objectif. Oui, il savait. Et les implications de ce qu'il voyait bouleversaient ses certitudes. Il se sentait tellement stupide de n'avoir rien vu venir ! Surtout après avoir lu une certaine phrase des centaines, des milliers de fois. À aucun moment, il n'en avait mesuré l'importance. Une phrase brève, mais lourde de sens :

Les bactéries peuvent muter...

QUATRIÈME PARTIE

Janvier 1979

Chapitre 20

Ils vinrent de nuit. Ils vinrent dans des voitures noires avec des projecteurs, des fusils, des haches et des pics. Ils vinrent du fond de la nuit dans un grand bruit de moteurs ; les faisceaux des projecteurs surgirent à l'angle du boulevard puis embrassèrent d'un coup la rue entière, pareils à d'immenses bras blancs.

Robert Neville était assis près du judas. Il venait de poser son livre et observait les vampires d'un œil distrait quand la lumière frappa leurs visages exsangues. Avec un cri de saisissement, ils firent volte-face et braquèrent leurs yeux sombres, à l'expression animale, sur les spots qui les aveuglaient.

Neville bondit en arrière, le cœur battant. Il resta un moment à trembler dans l'obscurité, incapable de prendre une décision. Bien que la maison fût insonorisée, il entendait rugir les moteurs des voitures au-dehors. Il eut une pensée rapide pour les pistolets dans la commode, la mitraillette au-dessus de l'établi, et envisagea de se défendre contre les assaillants.

Puis il serra les poings jusqu'à enfoncer ses ongles dans la chair. Non, sa décision était prise ; il l'avait soigneusement pesée au cours des derniers mois. Il ne combattrait pas.

Avec une impression de vide au creux de l'estomac, il retourna au judas.

La rue était le théâtre d'une opération aussi violente qu'expéditive, sous l'éclairage cru des projecteurs. Des hommes se ruaient sur d'autres hommes, l'asphalte résonnait de bruits de bottes. Un coup de feu éclata et se répercuta en échos caverneux, donnant le signal d'une véritable fusillade.

Neville vit deux vampires mâles se débattre aux mains de quatre hommes qui les immobilisaient tandis que deux de leurs compagnons enfonçaient des pics étincelants dans leur poitrine. La nuit s'emplit de hurlements. Neville grimaça à ce spectacle ; sa gorge se serra, ne laissant passer qu'un souffle d'air.

Les hommes en noir savaient exactement ce qu'ils faisaient. Il les vit encercler sept vampires — six hommes et une femme —, les saisir par les bras et leur planter leurs pics acérés dans le corps. Le sang gicla sur la chaussée et les vampires moururent l'un après l'autre. Neville grelottait à présent. Était-ce là leur société nouvelle ? pensa-t-il dans un éclair. Il voulait croire que ces hommes étaient obligés d'agir ainsi, mais en même temps, il se sentait gagné par un doute terrible. Pourquoi tant de sauvagerie ? Pourquoi frapper la nuit alors que, de jour, on pouvait supprimer les vampires sans qu'ils en souffrent ?

Tout lui déplaisait chez ces hommes, leur aspect, la boucherie méthodique à laquelle ils se livraient. Ils avaient l'air de gangsters. Leurs visages blêmes avaient une expression de triomphe sadique dans l'éclat des phares. C'était des visages cruels, qui ne trahissaient pas la moindre émotion.

Soudain, Neville tressaillit : où donc était Ben Cortman ?

Ne le voyant pas, il pressa son visage contre le judas et promena son regard tout le long de la rue. Il se rendit compte qu'il formait des vœux pour que Cortman leur échappât, pour qu'il ne fût pas détruit de cette manière. Sans qu'il pût l'analyser, il eut la brusque sensation qu'il se sentait plus proche des vampires que de leurs exécuteurs.

À présent, les sept vampires gisaient dans le sang qu'ils avaient volé à d'autres. Les projecteurs balayaient toujours la rue, déchirant la nuit. Neville détourna la tête quand le pinceau aveuglant frôla la maison. Quand il se fut éloigné, il reprit son observation.

Quelqu'un cria. Neville suivit du regard le faisceau des projecteurs.

Il eut un haut-le-corps.

Cortman se tenait sur le toit de la maison d'en face. Il tentait de gagner la cheminée en rampant sur les tuiles.

Neville comprit tout à coup que c'était là, dans cette cheminée, qu'il devait se cacher la plupart du temps. Cette découverte le mit au désespoir ; il se reprocha de n'avoir pas cherché plus assidûment. L'angoisse le rongeait à l'idée que Cortman

pût être tué par ces brutes, ces étrangers. Objecti-
vement, le résultat eût été le même. Pourtant, il
ne pouvait s'empêcher de penser que ce n'était
pas à eux d'apporter à Cortman le repos d'une
mort définitive.

Mais il ne pouvait rien pour l'empêcher.

Souffrant mille tortures, il vit les faisceaux des
projecteurs se braquer sur la silhouette gigotante
de Cortman ; il vit les mains blanches de celui-ci
tâtonner sur le toit, cherchant une prise. Sans se
presser, comme s'il avait l'éternité devant lui. Il
dut se faire violence pour ne pas lui crier de se
dépêcher. Il sentait ses muscles se raidir, accom-
pagnant les mouvements de Cortman, d'une lenteur insupportable.

Il n'y eut pas de sommations. Les hommes levè-
rent leurs fusils et la nuit vola en éclats.

Neville eut l'impression que c'était sa propre
chair que déchiraient les balles. Le corps par-
couru de tressaillements, il vit Cortman sursauter
sous leurs impacts.

Il continua néanmoins d'avancer, livide, les
dents serrées. La mort d'Oliver Hardy, songea
Neville. Finis, le rire, la comédie. Il n'entendait
pas la fusillade continuelle, ne sentait même pas
les larmes sur ses joues. Il avait les yeux rivés sur
la silhouette disgracieuse de son vieil ami progres-
sant, centimètre par centimètre, le long du toit
violemment éclairé.

Enfin, Cortman se dressa sur les genoux et se
cramponna convulsivement au rebord de la cheminée. Son corps vacilla alors qu'une nouvelle
salve l'atteignait. Ses yeux noirs bravaient l'éclat

aveuglant des projecteurs, ses lèvres se retroussaient dans un ricanement muet.

Tout à coup, il fut debout près de la cheminée. Blême et crispé, Neville le regarda lever la jambe droite.

Au même moment, une rafale de mitrailleuse le cribla de plomb. Pendant quelques secondes, Cortman demeura debout les mains en l'air, les traits tordus par une folle expression de défi.

«Ben», fit Neville dans un murmure rauque.

Ben Cortman se plia en deux, roula lentement le long du toit, puis tomba dans le vide. Dans le silence qui suivit, Neville l'entendit s'écraser sur le trottoir. Écœuré, il vit les hommes se précipiter sur le corps pantelant, leurs pics levés.

Il ferma les yeux et ses ongles tracèrent des sillons sur ses paumes.

Un bruit de pas, lourds et pesants. Neville recula vivement dans l'ombre. Debout au milieu de la pièce, il attendit qu'ils l'appellent et lui donnent l'ordre de sortir. Je ne me battrai pas, pensa-t-il résolument, et ce malgré son envie d'en découdre, malgré la haine que lui inspiraient déjà les hommes en noir avec leurs fusils et leurs pics sanglants.

Mais sa décision était arrêtée depuis longtemps. Ces hommes ne faisaient que leur devoir, mais avec une brutalité inutile et un plaisir par trop visible. Lui, Neville, avait tué les leurs. Il fallait qu'ils s'emparent de lui pour se défendre. Il ne résisterait pas. Il s'en remettrait à la justice de leur nouvelle société. Lorsqu'ils l'appelleraient, il sortirait et se livrerait à eux. C'était là son dessein.

Mais ils ne l'appelèrent pas. Neville fit un bond

en arrière quand le fer d'une hache se planta dans la porte. Il se mit à trembler. Qu'est-ce qu'ils fabriquaient ? Pourquoi ne l'invitaient-ils pas à se rendre ? Il n'était pas un vampire, mais un homme pareil à eux. Que se passait-il ?

Il fit volte-face vers la cuisine. Voilà qu'ils s'attaquaient aussi à la porte de derrière, barricadée par ses soins. Il fit un pas en direction du couloir. Ses yeux affolés allaient de l'une à l'autre porte. Il sentit son cœur s'emballer. C'était à n'y rien comprendre !

Il se précipita vers le couloir alors que la maison assiégée retentissait du fracas d'une détonation. L'un des hommes avait tiré dans la serrure de la porte d'entrée. La réverbération d'un second coup de feu tinta à ses oreilles.

Soudain, tout s'éclaira. Ils n'avaient pas l'intention de le traduire devant leurs tribunaux, mais de le supprimer.

Avec un gémissement de frayeur, il se rua vers la chambre et tâtonna dans le tiroir de la commode.

Il se redressa, les jambes en coton, un pistolet dans chaque main. Et s'ils comptaient quand même le faire prisonnier ? Sa conclusion se fondait sur la seule absence de sommations. Ne voyant pas de lumière dans la maison, peut-être l'avaient-ils cru en fuite.

Il resta à trembler dans l'obscurité, poussant des geignements terrifiés, ne sachant quel parti prendre. Pourquoi n'avait-il pas fui ? Pourquoi n'avait-il pas suivi les conseils de Ruth ? Quel imbécile il était !

Sa main inerte lâcha un des pistolets quand la porte d'entrée céda sous la poussée. Des pas lourds résonnèrent dans le séjour. Robert Neville recula, serrant l'autre pistolet dans ses doigts exsangues. Il n'était pas dit qu'il se laisserait tuer sans se défendre !

Il étouffa un cri en se cognant à l'établi et se tint aux aguets. Dans le séjour, un des hommes dit quelque chose qu'il ne put saisir, puis le faisceau d'une lampe torche éclaira le couloir. Neville retint son souffle ; la pièce se mit à tourner autour de lui. Cette fois, c'est la fin : tels furent les seuls mots qui lui vinrent à l'esprit. C'est la fin…

Les mêmes pas pesants retentirent à nouveau, cette fois dans le couloir. Les doigts de Neville se crispèrent sur la crosse du pistolet tandis qu'il fixait avec effroi l'embrasure de la porte.

Deux hommes entrèrent.

Les pinceaux de leurs torches balayèrent la pièce, frappant en plein son visage. Ils reculèrent en hâte.

« Il est armé ! » s'exclama l'un d'eux, puis il fit feu.

La balle s'écrasa contre le mur au-dessus de la tête de Neville. Le pistolet tressaillit dans sa main et tout à coup, il eut le visage éclaboussé de lumière. Ce n'était pas lui qui tirait, mais son index qui pressait automatiquement la détente. Un des hommes poussa un cri de douleur.

Neville reçut comme un coup violent en pleine poitrine. Il chancela, ébranlé par une explosion de douleur dans tout le corps. Il pressa une fois encore la détente puis tomba à genoux et le pistolet lui glissa des doigts.

« Tu l'as eu ! » cria quelqu'un alors qu'il tombait face contre terre. Il essaya de reprendre son arme mais une botte noire écrasa sa main, lui brisant les os. Le souffle coupé, il ramena sa main vers lui et contempla le sol à travers des larmes de douleur.

Des mains brutales l'empoignèrent sous les bras, le relevant de force. Il se demanda quand ils allaient lui donner le coup de grâce. Virginia, pensa-t-il, je serai bientôt près de toi. Sa poitrine lui faisait mal, comme si on y avait versé du plomb fondu. Au raclement de ses bottes sur le plancher, il comprit qu'on le déplaçait et appela la mort de ses vœux. Je veux mourir maintenant, se dit-il, dans ma maison. Il se débattit faiblement, mais ils continuèrent à le traîner le long du couloir. Il avait la sensation que des griffes acérées lui lacé-raient la poitrine.

« Non, gémit-il. Non... »

La douleur reflua vers son cerveau, lui brisant le crâne à coups de massue, et il se sentit aspiré par les ténèbres.

« Virginia », murmura-t-il d'une voix rauque.

Puis les hommes en noir emportèrent son corps inerte dans la nuit, vers un monde qui n'était plus le sien, mais le leur.

Chapitre 21

Une rumeur vague, pareille à un bruissement de ruche... Robert Neville toussa, puis grimaça tandis que la douleur irradiait dans sa poitrine. Une plainte qui tenait plutôt du borborygme franchit ses lèvres et sa tête roula sur l'oreiller plat. Le grondement s'amplifia, mêlant des sons disparates. Neville porta lentement les mains à ses flancs. Pourquoi n'éteignait-on pas le feu qui brûlait dans sa poitrine ? Il avait l'impression qu'on enfonçait des charbons ardents dans ses plaies. Une nouvelle plainte, presque un râle, contracta ses lèvres grisâtres. Il battit des paupières.

Il garda les yeux fixés sur le plafond de plâtre durant toute une minute sans ciller. La douleur enflait et refluait dans sa poitrine, avec des élancements persistants qui lui vrillaient les nerfs. Son visage tendu, aussi figé qu'un masque, se creusait de rides dans son combat contre la souffrance. S'il relâchait ses efforts ne fût-ce qu'une seconde, celle-ci l'enveloppait complètement. Durant quelques minutes, cette lutte désespérée l'occupa tout entier, puis son cerveau se mit à penser au ralenti, avec des à-coups, comme un mécanisme grippé.

Où suis-je ? se demanda-t-il d'abord. La douleur était atroce. Un bandage blanc, au milieu duquel une tache rouge sombre entourait sa poitrine, s'élevait et s'abaissait au rythme heurté de sa respiration. Il ferma les yeux et déglutit. Je suis blessé, pensa-t-il. Gravement blessé. Il avait la bouche et la gorge comme du papier de verre. Où suis-je, qu'est-ce que je... ?

Alors, il se rappela : les hommes en noir, l'assaut de la maison. Et il sut où il était avant même d'avoir tourné la tête — lentement, au prix de mille douleurs — et découvert la minuscule cellule et la fenêtre à barreaux. Il resta un long moment à considérer celle-ci. Le bruit montait du dehors ; un murmure confus et effréné.

Il laissa retomber sa tête sur l'oreiller et contempla le plafond. Il avait du mal à se convaincre que tout ceci était réel, et non un cauchemar. Trois ans de solitude absolue, et soudain...

S'il y avait une seule certitude, c'était la douleur qui palpitait dans sa poitrine, et la tache rouge qui continuait de grandir, grandir. Il ferma les yeux et pensa : je vais mourir.

Cela non plus, il ne pouvait l'admettre. Malgré ces trois années vécues en compagnie de la mort, pareil à un funambule avançant au-dessus d'un abîme sans fond, il ne comprenait pas. La mort — sa mort — était une notion qui lui échappait totalement.

Il n'avait toujours pas bougé lorsque la porte s'ouvrit derrière lui.

Il ne se retourna pas; il avait trop mal pour cela. Il entendit des pas approcher et s'arrêter près du lit. Il leva alors les yeux, mais son visiteur n'était pas visible. Mon bourreau, songea-t-il. L'exécuteur de la haute justice de la soi-disant «nouvelle société». Il ferma les yeux et attendit.

L'autre fit quelques pas de plus et bientôt, Neville perçut sa présence à la tête de son grabat Il tenta d'avaler sa salive, mais il avait la gorge trop sèche. Il passa sa langue sur ses lèvres.

«Tu as soif?»

Il leva un regard éteint vers la personne qui venait de parler et soudain, son cœur s'emballa. Le brusque afflux de sang amplifia la douleur et durant une seconde, celle-ci l'absorba tout entier Il ne put se retenir de gémir. Il fit rouler sa tête sur l'oreiller, se mordit les lèvres en se cramponnant fébrilement à la couverture. La tache rouge s'élargit un peu plus.

Agenouillée près du lit, la femme épongea la sueur sur son front, puis elle lui tamponna les lèvres avec un linge humide et frais. La douleur reflua lentement et Neville commença à distinguer ses traits. Il s'immobilisa et la regarda avec des yeux remplis de souffrance.

«Eh bien», dit-il enfin.

Muette, elle se releva et s'assit au bord du lit De nouveau, elle lui essuya le front puis elle tendit le bras au-dessus de lui et il l'entendit verser de l'eau dans un verre.

Des lames de rasoir lui labourèrent la poitrine quand elle lui souleva un peu la tête afin qu'il puisse boire. Il se dit que les vampires devaient éprouver les mêmes affres quand les pics s'enfonçaient dans leurs chairs. Cette douleur déchirante, cette sensation que la vie les fuyait en même temps que leur sang.

Sa tête retomba sur l'oreiller. «Merci», murmura-t-il.

Elle le considérait avec un bizarre mélange de compassion et de détachement. Ses cheveux roux ramassés en chignon sur la nuque lui donnaient un air strict et plein d'assurance.

«Tu ne m'as pas crue, n'est-ce pas?» dit-elle.

Une petite toux gonfla les joues de Neville. Il ouvrit la bouche et respira l'air humide de l'aube. «Si... je t'ai crue.

— Alors, pourquoi n'es-tu pas parti?»

Il tenta de répondre, mais les mots se bousculaient. Il déglutit et prit une nouvelle inspiration.

«Je... n'ai pas pu. J'ai essayé, à plusieurs reprises. Une fois, j'avais même empaqueté mes affaires. Mais au dernier moment, je... je n'ai pas pu. J'étais trop attaché à... la maison. C'était une habitude, comme... comme le fait d'être en vie. Je m'étais... résigné.»

Elle promena son regard sur son visage poissé par la sueur et recommença à lui éponger le front.

«C'est trop tard, maintenant, dit-elle. Tu en es conscient, j'imagine?

— Je sais, oui.»

Il essaya de sourire, mais ne parvint qu'à grimacer.

«Pourquoi leur as-tu résisté? reprit-elle. Ils avaient l'ordre de te ramener sain et sauf. Si tu n'avais pas tiré le premier, ils ne t'auraient fait aucun mal.

— Quelle différence... »

Il ferma les yeux et serra les dents pour refouler la douleur.

Quand il les rouvrit, elle était toujours là et son expression n'avait pas varié.

Il eut un pauvre sourire torturé.

«Elle... elle est belle, votre... nouvelle société, balbutia-t-il. Qui sont ces... gangsters qui sont venus m'arrêter? Votre... haute cour de justice? »

Elle lui opposa un regard calme et froid. Il se fit la réflexion qu'elle avait changé.

«Les sociétés naissantes sont toujours primitives, lui rétorqua-t-elle. Tu devrais le savoir. Dans un sens, nous nous apparentons à des révolutionnaires, tenus de prendre le pouvoir par la violence. C'est inévitable. Du reste, la violence ne t'est pas étrangère. Toi aussi, tu as tué. De nombreuses fois.

— Seulement pour... survivre.

— Nous tuons pour la même raison, poursuivit-elle tranquillement. Pour survivre. Nous ne pouvons tolérer les morts parmi nous. Leur cerveau a subi des dommages et ils ne poursuivent qu'un seul but. Ils doivent être détruits. Tu dois le savoir, toi qui en as tué autant que de vivants. »

Le soupir qu'il poussa alors le déchira jusqu'aux entrailles. La souffrance se peignit dans son regard tandis qu'il frissonnait. Il est temps que cela finisse, pensa-t-il. Je ne tiendrai plus très longtemps. Il ne craignait pas la mort, même s'il ne la comprenait pas.

La douleur décrut, les nuages se dissipèrent

devant ses yeux. Il considéra le visage impassible
de la femme.

« Je voudrais te croire, lui dit-il. Mais as-tu vu
leur expression quand ils… tuent ? Ils aiment ça »,
acheva-t-il dans un murmure.

Elle eut un mince sourire. Comme elle a changé,
se répéta Neville. Du tout au tout.

« Et toi, répliqua-t-elle, t'es-tu vu dans ces
moments-là ? » Elle lui tamponna le front. « Moi,
je t'ai vu — tu te rappelles ? C'était effrayant. Et
encore, tu n'avais pas l'intention de me tuer ; tu te
contentais de me poursuivre. »

Il referma les yeux. Pourquoi devrais-je l'écouter ? se demanda-t-il. Elle a subi un décervelage
en se ralliant à cette nouvelle barbarie.

« Il est possible que tu aies lu la joie sur leur
visage, reprit-elle. Cela n'a rien de surprenant. Ils
sont jeunes. Et puis, ce sont des tueurs — des
tueurs légaux, agissant sur ordre. Leur statut leur
vaut l'admiration et le respect de chacun. Comment voudrais-tu qu'ils se comportent ? Ce ne
sont que des hommes, après tout. Les hommes
peuvent prendre goût au meurtre. C'est une histoire vieille comme le monde, Neville. Tu es bien
placé pour le savoir. »

Il la regarda. Elle avait le sourire contraint
d'une femme qui s'efforce de réprimer sa féminité
dans l'intérêt de la cause qu'elle sert.

« Robert Neville, dit-elle. Le dernier représentant de la vieille race. »

Le visage de Neville se crispa.

« Le dernier ? demanda-t-il, brusquement horri-
fié par le sentiment de sa solitude

— Oui, pour autant qu'on le sache, répondit-elle d'un ton dégagé. Tu es vraiment unique, tu sais. Après ta mort, il n'y en aura plus d'autre comme toi. »

Il dirigea son regard vers la fenêtre.

« Cette foule, dehors... »

Elle opina : « Ils attendent.

— Ma mort ?

— Ton exécution. »

Il se raidit et leva les yeux vers elle.

« Dépêchez-vous d'en finir », fit-il avec une soudaine nuance de défi dans la voix.

Ils échangèrent un long regard, puis quelque chose parut se briser en elle et son visage se vida de toute expression.

« Je le savais, murmura-t-elle. Je me doutais que tu n'aurais pas peur. »

Elle posa sa main sur la sienne, spontanément.

« Quand j'ai su qu'on leur avait donné l'ordre de t'arrêter, j'ai failli courir t'en avertir. Puis je me suis dit que si tu étais encore là, rien ne t'en ferait partir. J'ai alors conçu le projet de te faire évader après ta capture. Puis on m'a rapporté que tu étais blessé, et j'ai compris que ce ne serait pas possible non plus. »

Un sourire flottait sur ses lèvres.

« Je suis contente que tu n'aies pas peur. Tu es très courageux.. Robert », acheva-t-elle d'une voix radoucie.

Dans le silence qui suivit, Neville sentit qu'elle lui étreignait la main.

« Comment se fait-il... qu'on t'ait laissée entrer ? l'interrogea-t-il.

— J'ai rang d'officier supérieur dans la nouvelle société, expliqua-t-elle.

— Ne... ne la laisse pas... » Il toussa et cracha un peu de sang. « Ne la laisse pas devenir... trop brutale. Trop inhumaine.

— Comment veux-tu que... » Elle s'interrompit et lui sourit. « J'essaierai », promit-elle.

Il était à bout de forces. La douleur empirait, tournant et virant tel un animal attaché à sa proie.

Ruth se pencha vers lui :

« Robert, écoute-moi. Ils ont l'intention de t'exécuter, même blessé. Ils y sont obligés. Ces gens ont passé toute la nuit dehors à attendre. Tu les terrifies, Robert. Ils te haïssent. Ils réclament ta mort. »

Elle défit prestement les deux premiers boutons de son chemisier et tira de son soutien-gorge un minuscule sachet qu'elle pressa dans la main droite de Neville.

« C'est tout ce que je peux faire pour t'aider, murmura-t-elle. Je t'avais prévenu ; je t'avais dit de fuir. » Sa voix se fêla. « Tu ne fais pas le poids contre eux, Robert.

— Je sais. » Sa voix n'était plus qu'un gargouillis.

Elle s'attarda au-dessus de son lit, lui montrant une compassion sincère. Son entrée, son attitude si officielle... Tout cela, c'était pour se donner une contenance. Elle redoute de se montrer sous son vrai jour, pensa-t-il. Je la comprends.

Ruth se pencha vers lui et pressa ses lèvres fraîches contre les siennes.

« Bientôt, tu seras près d'elle », lui souffla-t-elle

Elle se redressa en hâte, reboutonnant son chemisier. Alors qu'elle le considérait une dernière fois, son regard s'arrêta sur sa main droite.

« Dépêche-toi de les prendre », dit-elle avant de tourner les talons.

Il entendit ses pas décroître, puis la porte se ferma et la clé tourna dans la serrure. Des larmes chaudes jaillirent de ses paupières closes. Adieu, Ruth.

Adieu, la vie.

Soudain, il prit une inspiration et rassemblant ses forces, il s'assit. Il raidit tous ses muscles pour ne pas s'écrouler quand la douleur explosa dans sa poitrine. En serrant les dents, il parvint à se mettre debout. Il commença par chanceler, puis s'aventura sur le plancher dès qu'il eut retrouvé son aplomb. Ses jambes flageolaient ; il les sentait à peine.

Il s'affala contre la fenêtre et regarda au-dehors.

La rue était pleine de gens qui piétinaient dans l'aube grise. Le brouhaha de leurs voix évoquait le bourdonnement d'un million d'insectes

Neville laissa errer sur la foule ses regards luisants de fièvre, en serrant les barreaux de ses doigts livides.

Soudain quelqu'un l'aperçut.

Un instant, la rumeur s'amplifia ; quelques cris de surprise fusèrent.

Puis le silence fut total, comme si une lourde couverture s'était abattue sur la foule. À la vue de cette multitude de visages blêmes tournés vers lui, Neville s'avisa tout à coup qu'à leurs yeux, c'était lui le monstre. C'est la majorité qui définit la norme, non les individus isolés.

En reliant cette découverte au mélange de crainte, d'effroi et de respect qu'il lisait sur leurs visages, il comprit soudain que c'était eux qui avaient peur de lui. Il incarnait à leurs yeux le pire des fléaux qu'ils aient eu à affronter ; pire que la maladie avec laquelle ils avaient appris à vivre. C'était lui, le spectre insaisissable qui laissait pour preuve de son passage les cadavres exsangues de ceux qu'ils aimaient. Il sut ce qu'ils ressentaient à sa vue, et cette révélation effaça sa haine. Il serra le petit sachet de pilules dans sa main droite. Tout ce qu'il souhaitait, c'était une fin sans violence, qui lui éviterait d'être mis en pièces sous leurs yeux.

Robert Neville considéra le nouveau peuple de la Terre. Il savait qu'il n'en faisait pas partie. De même que les vampires, il était pour eux une abomination, un objet de sombre terreur qu'il fallait détruire. Une pensée lui vint alors, et il s'esclaffa malgré la douleur.

Son rire s'acheva en quinte de toux. Il se retourna et s'appuya au mur pour avaler les pilules. La boucle est bouclée, songea-t-il tandis qu'un engourdissement ultime s'emparait de ses membres. Une nouvelle terreur a émergé de la mort, une nouvelle superstition a conquis la forteresse inexpugnable de l'éternité.

Je suis une légende.

DU MÊME AUTEUR

Aux Éditions Gallimard

JOUR DE FUREUR (Série Noire n° 1404)

DE LA PART DES COPAINS (Carré Noir n° 452)

LES SEINS DE GLACE, 1990 (Folio n° 2163 et Folio Policier n° 341).

Aux Éditions Denoël

Dans la collection Lunes d'encre

JOURNAL DES ANNÉES DE POUDRE, 2003.

LÉGENDES DE LA NUIT, 2003.

Dans la collection Présences

À SEPT PAS DE MINUIT, 1995.

Dans les collections Présence du futur *et* Présence du fantastique

L'HOMME QUI RÉTRÉCIT (Folio Science-Fiction n° 22).

LE JEUNE HOMME, LA MORT ET LE TEMPS (Folio Science Fiction n° 34).

JE SUIS UNE LÉGENDE (Folio Science-Fiction n° 53).

OTAGE DE LA NUIT.

Chez d'autres éditeurs

LA TRAQUE.

LA TOUCHE FINALE.

MIROIR, MIROIR...

LA MAISON DES DAMNÉS.

LA POUPÉE À TOUT FAIRE

MIASMES DE MORT.

JOURNAL D'UN MONSTRE.

INTRUSION.

DERRIÈRE L'ÉCRAN.

AU-DELÀ DE NOS RÊVES.

ÉCHOS.

UNE AIGUILLE EN PLEIN CŒUR.

CIMETIÈRE BLUES.

Composition Interligne.
Impression Société Nouvelle Firmin-Didot
à Mesnil-sur-l'Estrée, le 10 janvier 2008.
Dépôt légal : janvier 2008.
1ᵉʳ dépôt légal : avril 2001.
Numéro d'imprimeur : 88540.

ISBN 978-2-07-041807-7/Imprimé en France.

158289